「敗北」からの脱出 そして「どん底」へ

―支えてくれた愛犬セル君―

福山信行
Nobuyuki Fukuyama

文芸社

はじめに

まず、拙著を手に取っていただき、誠にありがとうございます。

この本は私の五冊目のものであり、いつか必ず書きたいと思っていたことを皆さんに読んでいただけることを誇りに思います。やっと、私が避けて通ることのできない内容を文章化することができました。

どうか最後まで読んでいただき、読者の皆さんがそれぞれ異なる感想を抱かれるであろうことに対して、私は逃げも隠れもせず堂々と相対したいと考えています。

目次

第一中学校での充実した六年間

佐伯司は第一中学校で六年間、三十歳から三十六歳まで中学校の国語の教師として、円熟した満ち足りた日々を過ごした。三年生を三回も担当し、ということは三回高校受験をともに体験し生徒を希望する学校へ送ったのである。彼の教師生活の中で絶頂期であり、毎日スリーピースを着て違うネクタイをして、基本的に車で、ときには４００ccのバイクで学校に通い、学校へ行くのが楽しくてしょうがなかったのである。

受験を控えての冬休み、入試対策の学習をするためにあるいは自信を持たせるために、誰に言われることもなく自ら進んでクラスの生徒に補習授業をした。クラスの生徒は、自主的に登校し真剣に入試問題に取り組んだ。他のクラスの教師は冬休みに外国へ旅行に行ったりした。彼はそれをしようとは思わなかったのだ。考え方が違うだけでそれはそれでよい。たくさんの生徒が合格したが、生徒の合格は彼の合格でもあった。

ときには生徒とぶつかることもあった。ぶつかることによって、生徒との人間関係はさらに深まり、お互いを尊重し合うことになった。それはよいことでありマイナス的な面は微塵もなかったのである。

家庭訪問では生徒の親と酒を飲み、生徒の良いところを伝え、彼の考え方を伝え、親とのつながりが深まったと言える。問題行動を起こす生徒ほど彼は褒め認めた。それは彼にとって何ら苦痛を伴うものではなく、むしろ生きた瞬間だったのである。

中学校を卒業しても年賀状を送ってくれ、現在の様子を教えてくれる。何と嬉しいことか、何と頼もしいことか、えも言われぬ喜びである。教師冥利に尽きると思う。

あるときは公開授業をした。それも高等学校の初任者研修のひとつとして国語の授業を展開し、三十人ぐらいの教師が彼の授業を教室の後ろから、廊下の窓から参観したのである。彼はいつもの授業をしたが、生徒とともに創り上げる生きた授業なのだが、誰が見ていようとそんなことは全く関係なく、教育長が見ていようが親が見ていようが、彼の授業は何ら変わるはずもなく、むしろ見てもらう方がやりがいがあるともいえるのだが、至極当たり前のことを当たり前に展開した。

彼は誰が見ているかによってスタイルを変えたりはしない、見ていようが見ていまいがそんなことは全く関係なく、自分の信念を貫いた。生徒が主役の人生において一回だけの生きた授業を生徒とともに築き上げただけのことである。

しかし、それだけは何があっても「妥協」することはできない。「妥協」すれば彼は彼でなくなり、死んだ授業になってしまうからである。死んだ授業など彼には考えられないのである。

セル君との出会い

彼はある雑誌を見ていて、犬を売っている店を知り、セルシオに乗って迷うことなくそのペットショップへ直行した。運転していた時間は一時間ほどである。二月のことである。彼は犬と一緒に山に登りたかったので、始めから柴犬がほしいと思っていたのである。

セルシオを店の前にとめる。

「こんにちは」

「こんにちは、どうぞごゆっくり見てください」

「ありがとうございます、ちょっと見せてくださいね」

と言って、店の中に入る。まず目に入ったのはマルチーズで元気良く吠えている。なんて可愛いのかと思う。奥へ足を踏み入れるとたくさんの犬が目に入り、圧倒される。

どの犬もケージの中にいて元気良く吠えている。彼は白い柴犬と目が合い、一目惚れする。目が合った瞬間彼は一目惚れをしたのである。白い柴犬と一緒に生活したいという強い決意である。真っ白な柴犬がいるんだ、柴犬と言えば茶色と考えていたが、白い柴犬を見て何ら迷うことはなかったのである。

白い柴犬がほしい、白い柴犬と一緒に生活したいという思いである。白い柴犬は小さくて丸々としていて元気良く吠えていた。生まれて三か月だということを知った。ちょっと茶色に見えるのは耳の先端と背中の部分だけだ。

「もう決まり」と彼は心の中で叫んだ。白い柴犬は彼を見て相変わらず元気良く吠えている。

彼は店主に「あの白い柴犬をください、責任を持って育てます」と声高に告げる。

店主は「分かりました、ありがとうございます、じゃあよろしくお願いしますね」と答え、さらに「では、いろいろと準備しますので三日後にもう一度ご来店ください」と言う。

彼は言われたことをしっかり守り、三日後犬の面倒を責任を持ってみることを約束し、帰路に就いた。帰る頃には雪がしんしんと降っていた。名前は「セル」と決めていた。

第一中学校での体育大会

「ええか、綱を引っ張るときは腰を低くして、全体重を後ろにかけて私の声に合わせて引っ張るんや」と彼は生徒に声を大きくして説明する。体育大会を控えたある日、彼は自分の担当する教室で熱く語った。生徒はみんな真剣に聞いている。一部の生徒は彼のことをあきれた顔で見ているようだが、彼はそんなことは眼中にない。

彼は生徒全員がよく見えるように、教壇の上ではなく黒板の横の上で綱をどう引っ張るのかを、身体で具体的に説明する。生徒はそのうち彼が真剣なことにやっと気づき、綱の引っ張り方を知り、他のクラスに勝てるようなそんな気持ちになる。「この先生、大丈夫か」といった表情をしている生徒もいるが、彼の熱意を感じ取っている手応えを感じる。

「やるからには負けられん」というのが彼の信条である。適当にやって勝負がつくことに彼は納得がいかない。たまたま勝つ、たまたま負けるなどということなど彼には許せるはずがなく、勝つべくして勝つという考え方を固持しているのである。


体育大会当日、いよいよ「綱引き」が行われることになる。彼は生徒以上にやる気満々で、絶対勝つというハイテンションな気持ちなのである。ピストルの音が鳴る。彼はこれ以上出せないというほどの大きな声で「せーの、よいしょ、よいしょ、よいしょ、よいしょ、よいしょ、よいしょ、よいしょ、よいしょ」と叫ぶ。もちろん彼は身体を使って綱を引っ張る体勢をとっているのは言うまでもない。

彼は全身全霊を込めて叫びパフォーマンスするので、倒れそうである。しかし、倒れてはいられない、命の続く限り叫び続けるのである。それが第一中学校での体育大会であったのだ。

リュックに入れ近くの山に登る

近くの山とは二つの都市の境に横たわる低い山で、ぐるっと一周できる遊歩道がある。彼は気分転換に何回も何回も歩き登った山で、頂上は見晴らしがよく市内の街並みが見渡せ、一時間もあれば一周できる。

セル君はまだ生まれて半年もたっていない。階段のような段差の径を登ることは無理である。彼はセル君をリュックの中に入れ、それを身体の前に抱え、ゆっくりといつもの径を一歩一歩登っていく。

セル君はリュックの中から生まれて初めて見る景色を不思議そうに眺めている。途中、新幹線の長い車両がまるで蛇のように見えトンネルの中に吸い込まれていく。新幹線に乗っているときは速く感じるが、山から見る新幹線はゆっくり走っているように見える。高速道路の車もゆっくり走っているのが見える。

セル君はそれらには興味がなさそうである。三十分ぐらい歩くと汗が滴り落ちてくる。心臓の鼓動も速くなっているのを感じる。山の遊歩道はよく整備されていて歩きやすく登山靴でなくても歩けるが、二本のステッキを両手に持って登るときはステッキを使って身体を支え、足に負担がかからないようにしている。

下りるときは全体重が両膝にかかるので二本のステッキを使って、両膝が痛くならないようにしている。径の両側は木が生えているところもあれば、伐採されて何もなく見晴らしが良い所もある。生えている木は杉や松や名前を知らない落葉樹などである。

階段をいくつも登って平らな所、見晴らしの良い所に到着したとき、彼はリュックからセル君を下ろし「セル君歩いてみるか」と声をかける。セル君は初体験なのでもの珍しそうにゆっくりとした足取りで、前へ前へと歩き出す。

セル君はおぼつかない足取りで進んでいく。セル君は生まれて初めて近くの山の頂上で歩いたのである。

第四中学校への赴任が決まる

毎年三月も二十日を過ぎると職員室は人事異動の話があちこちでささやかれる。それは第一中学校だけではなく他のどの学校においても同じことが言える。「校長先生はたぶん県教委にかわるんやろ」と言う教師がいれば「教頭先生はそのままやろ」と言う教師もいる。自分のことはさておき他人のことは口にするのは気が楽なので、責任を伴わない話に花が咲くのである。

要するにどうでもいいことに対しては口が軽いのだ。彼は他校への転勤希望を出していないので他校にかわるとはつゆ知らず、他の教師の言葉を聞き流しているに過ぎない。

三月二十四日は内示の日で、その日に異動の有無を校長室で学校長から言い渡されるということになっている。「佐伯司先生、校長室に来てください」と教頭先生が彼に声をかける。他の教師もそれを聞いている。校長室のドアを三回ノックして「失礼します」と言って校長室に入った。彼はなぜ呼ばれたのか不思議な不安な気持ちに襲われる。

「佐伯司先生、六年間よく頑張ってくれました。第四中学校に異動することになりました。先生なら十分通用すると思います、頑張ってください」

彼は寝耳に水で動揺を隠せない。何と答えればいいのか自分でもよく分からない。想定外のことだったからである。彼は内示の書類をもらい「六年間お世話になりました。何とか頑張ってみます」と言うのが精一杯といったところで、「希望も出していないのに転勤するのはちょっとつらいな」と心の中で呟いてみる。親しい先生が近くにやってきて「お前しか第四中学校へかわるものはいないやろ、そんなことは分かりきったことやぞ」と言われ驚くばかりである。

第一中学校は個性あふれる生徒がたくさんいるので毎日学校へ行くのが楽しくて満ち足りていた。彼は、はっきり言って内示を聞いて「まあ、しょうがないな」と思いつつ、自分の荷物をスーパーでただでもらった段ボール箱に手際よく入れ、車に積んで転勤の準備を仕方なく一気に進める。

ではなぜ第四中学校にかわることが大変なのかを考えてみたとき、第四中学校には〝モンスターティーチャー〟がいるということ、さらに「教育重点校」と呼ばれ、希望してかわる者が少ない学校だったということがあげられた。

校長室を出るとき彼の足取りは重かった。大変気分が悪かった。ある教師が言った「お前が第四中学校にかわることは分かっていたぞ、お前以外のものが第四中学校にかわることは無理なことや」と褒めているのか嫌味を言っているのか真意は分からない。その言葉が容赦なく胸に突き刺さる。

辞令をもらい封筒に入れると異動が現実味を帯びてくる。

彼は気分転換に近くの山に登り汗をかくことで気分を紛らすことにした。単刀直入に言うと新しい赴任先は「行きたくない学校」なのである。彼は四月一日第四中学校にかわるまでに疲れを感じていたのである。彼は小心者なのである。

彼は山に登り歩き汗をかくことによって清々しさを感じていた。今まで勤務していた第一中学校と決別し新天地に異動する覚悟を決めたのである。彼は逃げも隠れもしない、自然体でいこうと自分にエールを送り自分を奮い立たせた。

湖を眺めることができる山に登る

そこは彼が過去に何度か一人で登ったことのある山で、頂上からの景色はそんなにたいしたことはなく、遠くに湖を眺めることができる。登山口から歩いて登るとかなり時間がかかるが、林道が整備されているのでかなり上まで車で行くことができ、そこから頂上までは一時間半ぐらいで一日あれば、いや半日あれば登って下りることができる。

「セル君、行くで」と言ってセル君をワンボックスカーに乗せて、林道をゆっくり走っていく。車を置けるスペースのあるところでセル君を下ろし、階段になっているところを抱いて上がっていく。しばらく上がると平坦な径になっていてセル君も歩けるので、右腕から下ろし「歩いてね」と言って放してやる。

平坦な径が終わると少し下って、今度は結構きつい登山道を再びセル君を右手に抱いて登っていく。これがかなりきつく彼の心臓は激しく音を立てている。一時間半ぐらい登ると頂上に辿り着く。頂上は狭く腰を下ろす場所も限られている。セル君にしてみればとんだ迷惑であり災難なのかもしれない。

真っ白い脚が汚れている。しかし、頂上にいると清々しい気分に浸れる。達成感があるからである。しばらく頂上にいると下山することになる。意外に下山するのに苦労する、なぜならセル君を抱いて登山道を下りていくので、彼の膝は負担が大きくステッキは一本しか使えないので大変である。とはいえ登りに比べると下りは楽で速い。

セル君はいったい何を考えているのだろうか。彼には分からないが疲れたであろうことは確かである。一緒に山に登るために買ったのだから、彼としては予定通りなのであって希望が叶ったので満足している。

車に戻ると少し臭い。よく見ると後ろの席にセル君のウンチがある。そうかここに来るまでにウンチがしたかったのか、彼はすまない気持ちになった。ウンチだけではすまなかった、後ろの席のシートを口で破ったと見えてとんでもないあり様である。セル君は来る途中暇だったのでしたいことをしただけのことなのであった。

最初に言われた言葉

第四中学校で最初に言われた言葉は「真っ白な心で本校の生徒と接してほしい」であった。

会議室で、新しく赴任してきた教師は、真剣なまなざしで聞いている。誰一人として、その言葉に対して質問したり、自分の意見を言おうとしたりしない。というより、それができないのである。黙って聞いているしかないのだ。赴任してきた教師は、各人がおのおの個性を持っているのは当然のことで、考え方が違うのであるから、受け入れ方も微妙に異なっているはずである。

しかし、その言葉は第四中学校のベテラン教師から、それも十年以上勤務している教師から発せられた言葉であって、真摯に受け止めるという点において共通しているのであり、第四中学校での日々が始まるスタートラインに立つ者へのアドバイスであった。四月一日はスタートしたのだ。第四中学校での教師生活が、始まったのである。

そしてそれを聞いていたのは、新しく赴任してきた教師だけではなく、第四中学校にいる教師全員なのである。他の教師は、その言葉に対して補うこともなく、そうではないと反駁することもなく、ひたすら聞いているだけだった。ということは、ベテラン教師の言ったことを認めているということになる。他の教師は何も言わない、否、何も言えないのだ。そんな雰囲気がした。

セル君をシャンプーで洗う

セル君は「白い柴犬」であり、耳と背中の上部だけほんの少し茶色っぽいので、汚れるとよく分かる。月に一回ぐらいシャンプーしてやりたいのだが、それがなかなかできない。半年に一回ということもあった。彼のものぐさのせいである。セル君もたまったものではない。

彼は一週間ぐらい風呂に入らなかったことがあるが、髪の毛は自分の脂でぼさぼさになり、身体や服が汚れ何とも言えない気持ちになった。セル君がシャンプーしてもらいたいと思っていることは明らかである。

彼は意を決してシャンプーすることになる。たくさんのバスタオルを準備し、彼は裸足になりズボンを捲り上げ、服の袖も捲り上げガス給湯器のスイッチを押す。

「セル君、シャンプーするで」と言うとセル君はそわそわして逃げ回る。本当はシャンプーしてもらいたいくせに。首輪をはずし風呂場に抱いて入る。

シャワーのお湯の温度を程よくして、セル君の身体を濡らしていくとセル君はちょっと嫌そうな顔をするが、それは始めだけで途中からは彼に身を委ね、じっとしている。リンス入りのシャンプーを背中にたっぷりとかけ、ごしごしと背中、両手両脚、尻尾、お腹を洗っていく。顔は耳に水が入ると困るので洗わないようにしている。

つまり、顔以外はすべてごしごしと丁寧に泡立ててきれいになるようにしている。後はシャワーの程よい温かさのお湯で洗い流すだけだ。シャンプーを洗い流すと白い毛がいっぱい抜けているのに気づく。「はい、終わりました、セル君」と言うと、セル君は胴震いする。

さあここからが大変なのだ。バスタオルで身体を拭くことになるのだが、セル君は逃げ回るので片手で押さえながら拭くことになる。何枚ものバスタオルで拭き終わると、今度はドライヤーで乾かすことになる。セル君はじっとしている。セル君は中型犬なのでまだましだとは言え、結構時間がかかる。背中、お腹、尻尾、両手、両脚を強風で乾かしていくと、あともう少しである。

強風を弱風にしセル君の身体を仕上げていく。彼は「あともう少し」と自分に言い聞かせ腰に痛みを感じながらセル君の毛を乾かす。「はい、終わりました」と言ってセル君に首輪をはめ後始末することになる。セル君を洗うのは結構大変なことなのである。

苦しさを笑い飛ばせるか

佐伯は学校へ行くのがつらい、学校へ行きたくない、学校を辞めたい……そんな気持ちで毎日を過ごしていた。今までの学校とは異なり、教師を教師として扱ってもらえないのだから面白くない。どうすればいいのか、どうすれば……と自分に問うてみても答えは見つからない。

事実は事実として認めるしかないのだが、それがなかなかできないのだから困ったものである。自分のプライドを一切投げ捨てて、新しい環境の中で生きていけばよいことは頭で分かっていても、そうたやすいことではないのだ。

苦しさを笑い飛ばせばいいのだ、今の環境がいつまでも永遠に続くことはない、一時の敗北だと他人からアドバイスされても耳を貸すことができない。今までと同じでいたいという「固定観念」が石のごとく固く、そう簡単に変われないのは彼の人間としての弱さというか、水のように流せないのである。

であるならば、生徒にどのように扱われても跳ね返すようなエネルギーを保ち続け、誰が何と言おうが何をしようがどのような反応をしようが、自分が受け付けなければいいのだ。それができない歯がゆさを痛いほど感じる彼なのだ。

今となってはああすればよかった、こうすればよかったと思えるのだが、あの時はそうは考えられなかったのである。「どんなことでも笑い飛ばせ」「敗北は一時的なものだ」「何とかなる」……などという言葉が身に染みてくるではないか。

本音を打ち明ける仲間が、恥をさらす仲間が存在しなかったという現実は重い。生徒を殴ることをせず生徒に殴られもせず、真っ向勝負しなかったことに「後悔」しているのだ。「成長」しあえる「サンガ」が存在しなかったことは不幸なことだと言い切れる。

ケンカを売られ赤い血が付く

「セル君、散歩行くか、よし行くで」と言って自宅を出て歩き始める。しばらく歩くと、近所のセル君より少し大きめの犬がこちらを見ている。彼はリードをつかんで前へ進んでいく。すると、その犬が大きな声を出して吠えこちらに向かってケンカを売っている。その犬の飼い主はリードを当然持っていたのだが、犬の勢いにリードが離れセル君に襲いかかってきて、お互いに激しく吠えあい歯をむき出しにして絡み合っている。

彼はリードをしっかりと持っていたのだが、相手の飼い主はリードを離してしまったので格闘することになったのである。何たることか理解に苦しむ。彼はセル君を両手で抱き上げ、その犬を足で振り払おうとする。

セル君は真っ白な柴犬なのに赤くなっている。血が付いているのである。「セル君、大丈夫か」と思わず声に出す。「ちゃんとリードを持っていてくださいね」

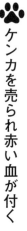

と不機嫌に言うと「ああ、すみません……」と飼い主が答える。飼い主と犬は立ち去った。

彼はセル君の身体をじっくりと見て、一体どこから血が出ているのかと調べてみるが、どこからも血は出ていない。ということは相手の犬の血がセル君の白い毛に付いたということになる。彼は安堵した。

セル君は自分からケンカを売ったりしないが、売られたケンカから逃げも隠れもせずちゃんと受け止めるのである。幸い両方とも大事に至らずにすんでホッとしたが、彼は安心したもののどうしてリードを離すのか、と飼い主にケンカを売りたくなった。

とんだ災難であった。もし、その犬と出くわしたらこちらがリードを離したいぐらいだなどと思ったが、そういうことにならずにすんでよかった。

自分中心に物事を考えていた

彼にとって第一中学校での六年間はまさに「絶頂期」であった。授業では私語は一切なく、後ろを向いてしゃべる生徒など一人もいなかったのである。彼の思うような授業を展開することができた。私語をしようものならその授業は「自習」となって、彼は何も語らずひたすら無言でワークや漢字練習の時間となったのだ。

彼は自ら校内研究主任を務め、授業の在り方や学習の進め方について統一した規律を提示するとともにそれを教科の枠を超えて取り組んだ。よって、文科省の指定を受けても何ら戸惑うことなく揺るぎない自信のもと、公開授業を展開することができた。

職員会議においては様々な意見が飛び交う中、彼の発言によって物事が決まったのである。鶴の一声である。彼はそんな存在だったのである。彼は自信にあふれ実際に行動で示すことができた。

それが第一中学校での姿だった。しかし、第四中学校では全く違った。学校の雰囲気も生徒の雰囲気もまるで違ったのだ。それはどうしようもなかった。どうすることもできなかった。

まるで荒波に投げ出された一艘の舟のようである。今まで順風満帆であった舟は何度も沈没しそうになる。生きるか死ぬかの世界である。と言えば大袈裟であろうか、いやそうとも言えない。

授業は生徒の至極普通の生活規律のもとで、成り立っているのであって、それが成立しないということは教師の根本が否定されてしまうのである。

セル君、マムシに噛まれる

「セル君、ぼちぼち行こか」と彼は声をかけ歩き出す。彼が柴犬を買った理由は、一緒に山に登りたいからということであった。その夢が実現し彼とセル君は車に乗って山まで行き、山の径を登っている。山の送電線のところまで登ってきて休憩しようと思ったとき、セル君は小さいヘビを右手で触ろうとし、そのヘビ（実はマムシだった）に鼻の右上の部分を噛まれたのである。

鼻の上から血がにじんでいる。彼はどうすればよいか迷ったあげく、車の所まで戻り、もうその頃には顔が腫れセル君は苦しげに息をしていたのだが、これはまずいと思い自宅の近くにある動物病院へと急いだ。セル君は見るからに痛々しい。首はだんだん腫れてきて首輪がきつくなっている。

それほど腫れているのだ。彼は毒がまわってきたかなと思い、アクセルを強く踏む。動物病院に辿り着き、先生にマムシに噛まれたことを言うと、先生はすぐに注射を打ち、噛まれた部分を消毒すると「大丈夫ですよ」と言った。彼とセル君は飲み薬をもらい帰路に就いた。

とんだ災難であった。彼がセル君を山に連れてきたからこんなことになったのだ。「セル君ごめんね」と呟いたのである。山に登るとろくなことがないことに気づかされた。もう二度と一緒に山に登ることはなかった。

セル君が悪いわけではない、彼がセル君を連れてきたからそうなったのである。山には何が存在するかちゃんと知ってから行くべきであった。幸いセル君は一晩たつと元に戻り、首の腫れは引いて元気になった。動物病院の先生には心から感謝している。適切な処置をしてもらったおかげで今も元気に暮らしている。「九死に一生を得た」セル君であった。

両親の心配

朝起きて学校へ行きたくないとき、同居している両親に何か理由を言わなければならない。何も言わずに学校を休むことはどう考えても不自然である。「今日は身体の調子が悪いので休むわ」と彼は言う。両親は何も言わずじっと聞いているだけである。「どう調子が悪いんや」とでも聞かれたら彼はうろたえるしかないであろう。答えを用意していないのだから。

彼は両親をまともに見ることができない。どんな顔をして言えばいいのか彼自身分かっていないのである。わざと目が合わないようにしている。「午前中休むわ」と言って彼は二階に上がり布団の中で横たわる。午後は絶対休めない。家庭訪問の日だからである。ゴールデンウイークが終わり家庭訪問の予定が詰まっているのだ。休めば大変なことになるのは言われなくても分かっているので、義務として生徒の家に行くのだ。まだ五月だというのに、もう息切れしているではないか。

実際のところ、口に出して言わなくても以心伝心彼の気持ちは両親に十分伝わっていたのである。親が自分の子どもの気持ちを理解できないということなどありえないのである。けれど彼はそれを考える余裕などなかったのだ。とにかく学校へ行きたくなかった。

母は夜も眠れなかったに違いない。それに対して父はたぶん熟睡していたことであろう、そんなことにいちいち構っていられない、そんな感じがしていた。母はもともと神経質で繊細なのである。ちょっとしたことで眠れないということがあったはずだ。母には本当に迷惑をかけたという思いが彼には強かった。

両親は彼に「がんばれ」とか「大丈夫か」などと声をかけることをしなかった、いや、できなかったのだ。彼の後ろ姿を見てもうそれだけで十分心配していたのだ。

彼が元気よく学校へ行く姿を今まで何度も見てきたのだから、そうでない姿は両親を不安がらせるには十分過ぎたのである。

セル君との会話①

第四中学校にかわって一か月ほど経っていた。

佐伯司は二階の寝室で夜寝る前、布団の上で項垂れてセル君の目を見て言った。

「セル君、まだ五月だというのにもう疲れ切っているよ。学校へ行くのが全然面白くないんだ。『今まで感じたことのないこのつらさ』、今の学校に来て初めて感じることなのさ。言葉で表現するのは難しいのさ」

セル君は布団の上で佐伯司の目をじっと見詰めて言った。

「大丈夫さ、しばらく我慢すれば何とかなるさ。『どんなにつらい状況にあっても人間は順応できるようになっている』のさ、焦ってはいけない。ボクはそう思うよ」

寝る前布団の上で仰向けになるセル君

「セル君、寝るで」と言って、セル君を右手で抱き階段を上がる。彼の布団はいつも敷いてあり、セル君は隣のソファのある部屋で寝ている。両方とも八畳の間である。セル君を右腕からそっと下ろすとセル君は布団の上で横になり仰向けになる。

セル君の「喉」「胸」「腹」を順に撫でていく。セル君は仰向けのままじっとしている。彼に身を委ねているのである。寝る前の儀式なのだ。彼はセル君の身体をさわりどこか異常がないか確認しているのである。「うーむ、……ここが赤いな、どうしたんやろ」とか「毛がだいぶ汚れているな」とか「爪が伸びてきたな、切らなあかんな」などと彼は感じる。

セル君は気持ちがいいのかいつまでもじっとしている。恍惚感に浸っているのだ。「セル君、長生きしてや」と言って彼は布団に入り、セル君はソファの上へそれも自分の気にいった場所へ移動する。ソファの上には大きなバスタオルが敷いてあり、セル君の匂いが染みついている。

彼は汚れたら洗うのだがそんなにしばしば洗うことはない。なぜなら、タオルはセル君の一部だからである。天気が良い日になると思い切ってその汚れたタオルを洗濯機で洗う。するとびっくりするほど洗濯機の中の水は濁っている。タオルがいかに汚れていたかがよく分かる。洗濯のしがいがあるというものだ。

セル君はほとんど体臭がしない綺麗な柴犬なのだ。半年ぐらい洗わなくても何ら問題はない。セル君にしてみれば「一体いつになったら洗ってくれるのか」と言いたいところであろうことは言うまでもない。セル君は彼の布団の上にやって来て眠ることもある。「セル君重いがな」と言いたいところだが、彼はセル君の好きなように任せているのである。

書写の授業

　第四中学校では書写の授業はなされていなかった。生徒は家で書いてくるように言われていたのである。したがって、書の作品審査会では第四中学校の作品はお粗末なもので、入選に値するような作品は少なかったというのが実情である。

　彼はそれではいけないと考えていた。学校の教室で作品を書かせたいという思いが強かったのである。彼は全てを準備した。画仙紙、墨、毛氈、文鎮、墨池、新聞紙、お手本などである。お手本は彼の恩師である書写の先生に書いてもらった作品を縮小コピーし、それを印刷して生徒に示した。当然、立派なお手本であることは言うまでもない。

　彼は生徒に作品作りの上でのポイントを分かりやすく説明した。書く文字は

「太く細く、大きく小さく、滲みかすれ、筆順、名前も作品のうちであること」などである。彼は「なかなかやるね、うまいね、線が生き生きしているね、名前もしっかりと書けているね」などとこと細かに褒めた。どんなに下手でも褒めた。必ず一つは褒めたのである。

褒められて気分の悪い生徒はいない。褒めたうえで「この線はこう書くともっと良くなるね」とアドバイスした。生徒はそれに応えてくれた。生徒の作品はどんどん良くなっていったのは言うまでもない。お手本がいいので生徒の書く文字も当然良くなる。彼は作品に朱液で丸をいっぱい書いたのである。

彼はときには「お前らやる気あるんか」と言って、墨がいっぱい入ったバケツを足で蹴って、教室中が真っ黒になるというパフォーマンスをしたこともあった。それは彼が作品作りに込めていた思いの表れでもあったのだ。放課後、彼は一人雑巾で教室の墨を汗を流して拭いたのだ。後悔など全く感じていなかった。雑巾で拭いている姿を見て助けてくれる教師もいた。大変有り難いことであった。

彼の指導の下、作品審査会では第四中学校の生徒の作品はたくさん入選し、生徒は自信を持つことになったのである。他校に決して負けないという立派な作品は以前の第四中学校の作品ではなかった。

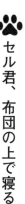

セル君、布団の上で寝る

「セル君、重いんやけど」

セル君は彼の布団の上でごろんと横になって寝ている。彼は今日は仕方がないなと思いながら、布団の中でセル君の重さを感じながら寝返りを打つことができず、同じ姿勢で浅い眠りについている。

今日は仕方がないというのは、夕方五時までに作業場から出したものを何とか片付けないと軽自動車を作業場の中に入れることができず、五時半過ぎには恩師のお宅にお伺いすると電話で約束していたのに、セル君は家の中で一人ぼっちで

「ワーン、ワーン」と鳴き続けるので彼は疲労感を味わいながら苛々していて「やかましいわ、静かにできんのか」と怒鳴りながら不要物の整理をしていてセル君に対して罪悪感を味わっていたので、セル君が夜彼の布団の上で眠ることに申し訳ない気持ちでいたからである。

何もセル君が悪いわけではなく、彼が勝手に不要物を片付けたいというどうでもいいことにこだわったせいなのだ。五時半過ぎから七時半ぐらいまでの二時間、セル君は家の留守番を一人淋しくやってくれていたのに、「すんまへんなセル君、たまには一人で外出させてえな」という彼のわがままを優先させたことを後悔したという、そういう理由からである。

彼は久しぶりに恩師にお会いし、四方山話をし書の作品集や本をいただいたのだ。先生には久しぶりの邂逅を喜んでもらうことができたし、彼の書いた本やお手紙を直接渡すことができたし、先生のお元気な姿を見ることができて安心したことに満足していた。

セル君は一人残されて淋しくてたまったものではない。セル君の気持ちも痛いほど分かる。「セル君、ごめんな」と彼は思っていたので、夜布団の上にやって来ることに何の苦痛も感じなかったのである。彼はセル君の、いつも一緒に過ごすのにどうして今夜に限ってひとりなのかという不安な気持ちが分かっていたのである。

あれもこれもと欲張ると無理がありとんだ目に遭うということなのだ。翌日、彼は何もする気がせず専らタバコを吸い、自分の身体のツボを押し続けたのである。

セル君、いなくなる

「セル君、セル君、どこへ行ったんや……」と彼は大きな声で叫びながら、セル君を捜す。台所にいない、リビングにいない、玄関にもいない、どこへ行ったのか不思議な感覚に襲われる。ついさっきまでご飯を食べ、音の鳴るボールを噛んで音を立てて遊んでいたのだ。部屋中を隈なく捜してもいない。

もう一度大きな声で彼は叫ぶ。すると、セル君は炬燵《こたつ》の中から出てきたではないか。ああよかったと彼は安堵した。今までこんなことは全くなかったので、余計不安を感じたのだ。

セル君がなぜ炬燵の中に入っていったのか、それはボールが炬燵の中に入り、ボールを追いかけて炬燵の中に入ったからだ。そのことが分かりひとまず安心した。

セル君がいなくなると彼は不安になる。まるで誰かにさらわれたかのようで、あるいは神隠しにでもあったかのようで慌てるのである。まさか炬燵の中にいるとはつゆ知らず、う〜む捜し物はやはり意外なところで見つかるものだということを再認識することができた。

セル君は素知らぬ顔で彼の方にやってくる。「セル君……」と彼は声をかけ「よし、散歩に行くで」と気持ちを切り替えて軽トラックに乗る。

セル君には何の責任もない、たまたま炬燵の中に入ってセル君の一時の不在となった、たったそれだけのことなのである。どこにもいないことに彼は一瞬我を忘れて動揺し、「セル君よ、びっくりさせるなよ」と言いたかったが、見つかったのだからそれでよしと自分に言い聞かせることにした。

国語の授業

彼の国語の授業は「たった一回だけの、生徒が主役の生きた授業」であった。高等学校や大学の講義と違って、生徒と教師が一つになって織り成す生きものであったのだ。

まず、漢字テストを行った。漢字のドリルから出題するというもので、毎回十問の小テストであった。第一中学校では口頭で問題を一回だけ言ったが第四中学校では黒板に書いた。生徒が聞き取れないからである。

彼は必ず短冊形の画用紙に設問を書き、黒板に貼った。そして、教室にいる生徒全員に考えさせ発表させた。班で話し合うなどということは決してしなかった。なぜなら生徒一人ひとりが自分の頭で考えることで、答えを導き出させたたかったからである。

生徒にはなるべく発表させた、つまり、自ら手を挙げさせた。その答えは正しかろうと間違っていようときちんと記録した。もちろん発表回数は成績に反映させた。後ろを向いてしゃべっている生徒もいたが、授業を妨害するような生徒はろくな人間にならないと彼は考えていたので注意したが、その時点で彼はやる気を失っていた。私語は彼には考えられないことであったからだ。

生徒は「ノートに書き写す時間が短すぎる」と言ったが、第一中学校ではそんなことは一切なかった。彼は仕方なく待ったが、どれだけ待てばいいのか分からず困ったのである。しかし、生徒が主役なのであるからと気を取り直して待った。

公開授業では生徒がつまらないことを口にしたが、気に留めるほどのことではなかった。

例えば「今日は黒板に書く字がきれいやな」とか「今日は言葉遣いが丁寧やな」とかである。

生徒は今までとはまるで違う授業に、感動し面白く感じたようであったが、それは言い方を変えれば今までの授業がつまらないものであったということである。この学校はこれまで全員を巻き込むことがどういうことか、それをすることがどんなに大変なことか、どんなに素晴らしいことかを分かりつつも避けてきた。なぜならそうすることで収拾がつかなくなるからである。

まるで「被害」を最小限に食い止めたいという思いがそうさせたのであろう、もしくはそういう指導がどこかで為されていたとしか思えない、残念なことである。

セル君との会話②

佐伯司は夕食後、二階の書斎でソファに座って自分が世界中で一番不幸のように言った。

「セル君、第四中学校は第一中学校のようにはいかないよ。自分の思うようにいかないんだ。同じ中学生だというのに『雲泥の差』があるんだよ。不満がどんどん溜まっていくようだよ。セル君、『教師を辞めたい』、それぐらいつらい」

セル君は佐伯司の横に座って、彼の言葉を真剣に聞いて真剣に答えた。

「辞めたければ辞めればいいさ。同じ中学生でもそんなに違うのか。たとえ一瞬でも第四中学校のことを忘れたらいいんじゃないか。『小さく辞めるってことさ』『そう一瞬辞めればいいのさ』」

セル君、喉を詰まらせる

セル君が苦しそうにもがいている。食べたものは赤飯である。法事でもらってきた赤飯をセル君におすそ分けしたところ、それを口の中にいっぱい入れ何度も噛みながら息苦しそうに、両手で口を押さえて出そうとしている。赤飯はもちもちしていて粘るので、飲み込めず苦しげに口をパクパク動かしている。

余程たくさん口の中に入れたと見え、喉を通らず飲み込めず出すこともできず、四苦八苦しているのである。赤飯をやらなければよかったと彼は思った。「セル君、水を呑み」と彼は呼びかける。それでもセル君がまるで老人が喉を詰まらせるときのようにしている姿を見て、「吾輩は猫である」の猫を思わず連想してしまったのである。確か猫の場合は「餅」であったと記憶している。やはりドッグフードにしておけばよかった。ドッグフードであればスーッと口の中から喉へ入っていくのであり、喉に詰まることはありえない。めでたいからおすそ分けしたのだが、セル君にしてみればとんだ災難である。もし喉に詰まったまま呼吸ができなければ、ひょっとしたら死んでいたかもしれない、と思うとぞっとし「セル君よ……ごめん」と申し訳ない気持ちでセル君に謝ったのである。

しばらくの間、セル君はハァハァ……と呼吸が荒い。三十分ぐらいしてやっと元の状態に戻ったのだが、セル君のいつもの姿を見てハァーと胸を撫で下ろした。死なずにすんでよかったというのが彼の本音である。

財布を盗まれる

放課後に職員室で残っていた仕事を片付け、さあ帰ろうと思って鞄の中の財布を探す。あれ、おかしいな、どこへいったんやと思いながら信じられない気持ちになる。財布がないのだ。おかしいな、と繰り返し捜すが見つからない。車のキーはあるので帰れるが、免許証や銀行の通帳やカードの入った財布がないので帰るに帰れない。

不思議な気分だ、財布がないことが信じられない。彼の席は職員室の端、廊下に一番近いところなのだ。鞄の中から財布を盗まれたことにやっと気づく。気づくのにほんの数分時間がかかる。今まで感じたことのない気分だ。あるべきものがないのだから困ったものである。そう言えばいつも彼は鞄を机の横にチャックを開けたまま置いていたのである。

まさか盗まれるとは思いもしなかった。彼は盗まれるということを全く考えていなかったので驚きは大きかった。彼の席は他の教師からは死角に位置していたのだ。

彼は慌てふためいて管理職の先生に財布がないことを告げた。管理職の先生は彼の席の周りを、さらに校内をくまなく捜してくれたが見つからなかった。他の先生も一緒に捜してくれたが校内にはないということが分かった。

免許証と通帳の再交付のことを思うと、面倒くさいことになったな、と彼は息をフーッとついた。

その後、財布は生徒が盗んだことが分かり保護者からお金は返してもらえたが、それ以外の所在はわからないという。その他のものは自分で処理することとなった。お金以外は結局返ってこなかったのである。

セル君との会話③

佐伯司は寝る前、布団の上で肩をがっくり落として言った。

「セル君、『財布』を盗まれたよ、全部なくなってしまった。お金はまだいいけど銀行の『通帳』や車の『免許証』や『保険証』がなくなったのはとても面倒くさいことなのさ。もうひどく疲れてしまって気力が湧いてこないよ。でも自分で再交付してもらうしかないんだ。本当に面倒くさいよ。ショックだよ」

セル君は佐伯司の言うことを聞いて、前向きに励ますように力強く言った。

「そうか大変だね。でもとられたことをくよくよ思ってもしょうがないさ。一つひとつ再交付してもらえば何とかなるさ。『全体は部分から成る』っていうじゃないか」

ティッシュを食べ排泄する

セル君はおやつは大好きだがドッグフードはあまり好きではないらしく、日によっては残す。食事が終わると辺りを物色して何かおいしいものがないかと探している。家の中ではリードは外してあるので自分の好きなところへ行ってそこでごろんと横になっている。冬はストーブの前で、夏は扇風機の風がよく当たる場所でじっとしている。

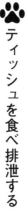

セル君はなぜなのかよく分からないがティッシュを食べるのが癖になっていて、そこら中を探し回りティッシュを見つけると喜んでそれを口の中に入れる。ところがティッシュは水に溶けないのでお尻の穴からそのまま出てくる。ウンチをしてもティッシュは途中までは出るが半分は身体の中に残ってしまうので、彼はそれを指で引っ張って全部出すことになる。

セル君の身体は言うまでもなく、尻尾を左手で押さえつけることになるので、セル君は両脚をたたみ座ることになる。座っても引っ張らなくてはならないので、セル君には悪いけれど左手に力が入りティッシュを最後まで引っ張るのである。

セル君は当然嫌がるが、そのままにしておくことはできない。ティッシュは消化されないのだから仕方がない。食べたセル君に責任は半分あるが、残り半分はティッシュを置いた私にもある。

セル君は鼻がよいのは言うまでもないが、目もいいのでティッシュを見つけたら食べてしまうということなのだ。トイレットペーパーなどもどんどん食べてしまい、使い物にならないくらい無残な形になっている。こちらは消化できるのでまだましとは言えるのが救いである。

体育大会で走る

「先生方もどの種目でもいいので参加してください」と生徒会長は言う。

今までこんなことはなかったので驚いた。体育大会は九月に行われるので一か月以上の期間がある。前もってそう言ってくれただけ、まだましというものだ。体育大会直前に言われたら困ってしまうからだ。

彼はドキッとしたがそうであるならば仕方がない。夏休みの期間に毎日自宅の周りをゆっくりと走ることにした。走ると言うよりゆっくりジョギングするといった感じである。時間で言うと三十分ぐらいである。

しかし、暑いので身体を動かすだけで汗が滴り落ちる。夏の日差しが眩しい。三十分もジョギングしていると着ているシャツは汗びっしょりになる。そのうち少し慣れてきて心地よい気持ちになる。

体育大会当日、彼は千五百メートル走に出場した。夏休みに走ったおかげで何とか走れそうな気持ちになっていた。ピストルが鳴りスタートする。彼はいきなり走り出してトップに立つ。しかし、それは最初のうちだけで後半になると息も絶え絶えになり、走りきるのが精一杯であった。

こんな体育大会は生まれて初めてであった。「先生方も出場してください」と言った生徒会長の言葉が恨めしく感じられた。

その反面、いい運動ができてよかったという思いになったのは確かである。

セル君が肉や野菜を食べる

セル君は基本的にドッグフードを食べるが、気が向かないときは彼が食べているもの、肉や野菜（ニンジン、キャベツ）を真剣なまなざしで欲しがる。

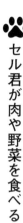

動物病院の先生からササミやサツマイモなどを食べさせても問題はないということを聞いたので、ついつい肉や野菜をセル君にあげてしまう。セル君は噛んで食べると言うより飲み込むと言う方がふさわしい。口の中に入れた瞬間もう食べ終わっている、つまり、飲み込んでいるのだ。味わっている時間がない。

好きなのは豚肉やニンジンやキャベツなどを炒めたものである。牛肉は値段が高いのでセル君は食べられない。動物病院の先生はサツマイモやご飯などもあげていいと言うが、セル君はあまり食べない、つまり好きではないということだ。

塩分は全く駄目で、食べるとハーハー言って息苦しそうである。なぜ駄目なのかは分からないが駄目なものは駄目なのである。塩分が入っていなければオッケーだ。

炭水化物や野菜やタンパク質をバランスよく摂取することが大切なのだが、なかなかできないのが実情である。

あまり太ってほしくはないと言うものの、痩せたセル君を見たくはない。

大学院の試験を受ける

残念ながら人生での「しばらくの敗北」に耐えることに対して、見通しを持つことができなかった。他の人から言われたように、客観的に考えていつまでも永遠に第四中学校での生活が続くことはないのであって、数年という期間辛抱すれば何とかなる、将来管理職になるうえでの試練であるということを自分に言い聞かせることは不可能であったのだ。

彼が大学院の試験を受けたのは、何としても逃げ場が欲しかったからだ。大学院など行きたいわけではないので、面接では大学院で何を研究するのかを聞かれ、どう答えればいいのか慌てふためいた。なされる質問に堂々と答えることができなかったのである。つまり、動機が不純なのは受ける前から分かっていたではないか、それは言うまでもなく見抜かれてしまった。面接はしどろもどろで、大学院を受験するということは既にそれなりの研究成果が必要であるということが自覚できていなかったのだ。試験問題は十分できたが、それだけでは不十分であったのだ。彼は、とにかく日常生活からの逃げ場が欲しかったから大学院を受験したということは自分でもよく分かっていた。

🐾 セル君との会話④

佐伯司は昼食後リビングにいた。地元の大学院を受験して自己分析するかのように言った。

「セル君、大学院の『筆記試験』はまあまあできたけど、『面接』はうまくいかなかったよ。いろいろ聞かれたけれど、うまく答えられなかった。大学院で何を研究するのか、事前に考えていなかったので聞かれたことに対して、タジタジでとってつけたようなことしか言えなくて、悔しいよ」

セル君は不合格が良かったかのようにフォローするかのごとく言った。

「取ってつけたような思いつきの受験は意味がないさ。大学院に行ったって根本的な解決にはならないさ。研究しなければならないのは、『今の学校の実態把握』じゃないのかな。ボクはそう思うよ」

セル君、布団の上で横になって待っている

「セル君、寝るで」と言って抱いて二階へ上がる。彼はセル君を下ろし「ちょっと待っててな」と言って階段を下りる。

彼は小説のようなものや随筆のようなものをラジオを聞きながら書いたり、読みたい本を読んだり、テレビを見たりしている。

しばらくして二階に上がる。セル君はいつもはソファの上でごろんと横になっ

ているのだが、布団の上で彼を待っている。セル君は寝ずに彼を待っていてくれたのである。セル君は一人で淋しかったのである。だから彼の布団の上で待っていてくれたのである。

彼はセル君を抱いてソファの上に移動することになる。何か申し訳ないような気持ちになるではないか。

セル君は不安なのだ。セル君は彼を頼りにしているのだ。

セル君は何も言わないが彼には分かる。

彼に身を委ねているということだ。

セル君はきっと彼の布団の匂いを知っているのだ。

彼は「待つ」ということがなかなかできないが、セル君は「待つ」ということをよく知っていてそれができる賢いワンコなのだ。

一年目の姿

第四中学校での一年目は、二年生の学級担任からスタートした。まず、これがよくなかった。もし一年生の担任からスタートしていたならば、状況は大きく変わっていたのかもしれない。二年生からスタートするというのは大変やりづらいのである。なぜなら生徒の方が学校生活のことをよく知っているからである。

もっと具体的にいえば、一年生の時の指導の在り方が生徒に染み込んでいて、それが至極普通であるからだ。一年生の指導はどうであったか、彼には分かるすべもないが、今から思うと、できる生徒が活躍できるというような授業が展開されていたとは思えない。ワークをしたり漢字テストをしたり、要するにクラスの生徒が一つになって設問を考えるというような授業、生徒全員を巻き込むような授業はなされていなかったのだ。

というよりも、できなかったと言うことの方が的を射ているであろう。できないことはしないのである。何とも情けないことではないか。

女子生徒は手洗い場の上に立って私を出迎えた。常識では考えられないことだ。四月がスタートして家庭訪問の始まる頃にはもう学校に行く気力は消え失せていた。したがって、午前中は学校を休む、休んでも学校は何ら困らない。教師の数が他校より潤沢なので、なんとでもなる。

しかし、家庭訪問は担任が行かなくてはならない。いやいや行くのである。いっそ行かなかったらよかったのかもしれない、彼は優柔不断であった。家庭訪問を拒否するほどの度胸は彼にはなかったのだ。

学校へ行きたくない、授業をしたくない、辞めたい、いっそ死にたいなどと考えた。今までと雲泥の差があるのだから困ったものである。学校の雰囲気が他校とは根本的に違う。できる生徒は様子を眺めていて、教師と生徒の力関係を見てどちらにつくかを考えるのである。今までには考えられないことである。

教師を教師ではなく、ただの大人としか見ていない、それも自分より力が強いか弱いかということの一点に尽きる。

部活動もひどかった。受け持った部では、自分さえよければいい、という考えの持ち主が実権を握っていた。生徒はただ教師が怖いから従っていたに過ぎない、心の底から慕っていた生徒など一人もいないのは明らかなことである。その証拠に生徒は高等学校へ行ったら絶対違うスポーツをすると明言した。

彼にとって一年目は未体験ゾーンであって、生徒から今まで予想できない反応を示され、それに苦しみ何とも言えない気分を味わうことになった。

言葉で表すことは容易ではない。何とも言えない異様な雰囲気であった。

このような時は腕力を鍛えるのが手っ取り早いというものだ。生徒と腕相撲をして勝てば、生徒は教師を認める。あるいは、親が拳で指導するのであるならば、教師より親の方が怖いのだから、それを天秤にかけてどちらの言うことを聞くか決めるのである。教師は親より強くなければやっていけないのである。

親の指導ができない教師など、生徒にとっては教師ではないのである。

以上のようなことを赴任した時に説明してほしかった。「一時の敗北」であることを説明してほしかったと思うのは彼だけだろうか。

一年目は、生徒の実態把握を冷静にかつ客観的に捉えることができなかったことで、毎日が苦しかった。

母の手紙

佐伯司の母は彼の姿を見て手紙を書いた。口ではうまく伝えられないと思ったのか、書きなれない手紙を鉛筆で書き、彼に渡したのである。

母の手紙は以下の文面である。

『司、お前は私と一緒で神経質やさかい気苦労も多いことやろ。

前の学校へは楽しそうに家を出ていったけど、今は全然違うな。

中学校の教師になったのは自分で決めたことで、誰のせいでもないんや。

第四中学校に異動になったのは、お前の教師としての力量が高く評価されたからや、それを忘れたらあかん。すぐには力を発揮することは無理かもしれん、そやけど「石の上にも三年」や三年ぐらいは辛抱せなあかん。その先は分からんけど何とかなるやろ、それが人生というもんや。

今の学校のために身を粉にして力を尽くすこと、前の学校でやってきたことは無理かもしれん、そやけど全部が無理ではないはずや。ちょっとずつちょっとずつできることを増やしていくことや。

第四中学校へ行ったのはたまたまではないんや、そういう宿命なんや、第四中学校がお前を必要としているということなんや。お前の「持てる力」を出して謙虚に真面目にやっていったら、生徒もほかの教師も必ず認めてくれるはずや、生徒から佐伯先生でよかったと言われるようにちょっとずつ、それも1ミリでもええんや、前へ進んでいくんや。毎日1ミリ進んだら一年で365ミリつまり36・5センチメートルや、三年で109・5センチメートルを超えるやろ。後ろへ下がっていたら何の意味もない。

「時間が来たら他の学校へかわれる」という考え方ではあかん。前へ前へ進むことや、そうしたら生徒はちゃんとついて来てくれる、そういうもんや。

第四中学校では第四中学校の生徒の実態に応じた指導をするんや。第一中学校のことはもう過去のこと、済んだことは済んだこと、過去のことはきれいさっぱり忘れて新しいやり方でやらなあかんのや。そうすれば何とかなるんや。何ともならんというのは、何もしないうちにあきらめていることになるんや。

強い「信念」を持って第四中学校のために「汗」をかいたら生徒はきっと評価してくれる。「汗」をかかなあかんのや、額から流れ落ちる「汗」だけやない、心の「汗」をかくことも同様に大切なんや。汗をかいたら身体の細胞の一つひとつが活性化して前向きになれるやろ。「心の汗」というのは自分で考えてみることや。私がすべて言うことではお前は成長せん。

チョウを見てみ、さなぎから羽化して何とも言えん綺麗な羽で羽ばたき、空を舞うんや。あの綺麗な色は人間では作れんほど美しいやろ、見事や、お前もチョウのように「自分の色」を出すんや。それは目には見えん、お前の生き様や、教師としてではない、一人の人間として接していくんや。

お前のすること言うことでお前の色は決まる。どんな色か私には分からん、赤なのか青なのか黄なのか白か黒かそれとも紫か金色か銀色か、いずれにしても生徒はお前のことを見ているんや、そして期待しているんや。お前はちょっと「傲慢」なところがある、それを捨て「謙虚」になることや。「謙虚さ」はお前をよい方へと導いてくれるやろ。それが人間というもんや。

生徒一人ひとりの「魂」を尊重して温かく見守り、輝かせることや、それが教育ということやろ、勉強を教えるのは当たり前や、その前に生徒と良い関係を築かな、お前についてくるはずがないやろ。今お前は生徒に背中を向けていないか、生徒とちゃんと向き合っているか、顔を真正面から見てるか、そこが大事なことや。上から見下ろしてもあかん、もうこれ以上言う必要はないやろ。

人間は生きていると何回も壁にぶつかる、その壁を乗り越えないことにはチョウのように羽化できん、壁の高さや厚みは分からん、乗り越えてみて初めて分かることや。壁に正面から堂々とぶつかるんや、それも何回もや、そうしたらその壁は必ずぶち破れるやろ、人生とはそういうもんや。

嫌々第四中学校へ行くお前の姿が、いつかそうでなくなることを私は信じてるで。お父さんがお前のことを心配してるのは言うまでもない、それを忘れたらあかん。

お前はそれ以上でもそれ以下でもないんや。お前の「信念」を貫き通せ』

彼はこの手紙を何回も何回も読み返した。

母の書いた手紙は見事に彼の心中を的確に捉え、アドバイスも的を射ていたので頭が下がる思いであった。何と有り難いことか、彼は母の自分に対する想いに胸が熱くなるのを感じることができた。彼は母にはかなわないなと素直に思った。確かに第一中学校での毎日は本当に楽しかった。彼の実力が思う存分発揮できたのだから楽しくないはずがなかった。それに反して、第四中学校での日々は苦しいものであった。彼は自分の持つ力が発揮できないことに歯がゆさを感じていたのだから。

彼はなぜ第四中学校に異動になったのか、それは第四中学校が自分の力を求めているからだということを考えたことがなかった。そう言われてみれば確かにそうだな、と彼は思った。たまたま第四中学校に異動になったのではなかったのだ。この世にたまたまなどということはないのだ。必然であったのだな、と彼は思った。

授業の主役は生徒であり教師なのではない。であるならば、生徒の実態に応じた授業を展開しなければならないということを彼はおろそかにしていたのだ。第一中学校と同じ授業を展開すること自体間違っていたのだ、それを彼は恥だと心の奥底で無意識のうちに感じていたのだ。第一中学校のことをきれいさっぱり忘れることが彼にはできなかったのを、母は知っていたのだ。過去のことをいつまでも引き摺っていたのだ。彼は自分ができる教師だと自覚していたし、実際に他の人からそう評価されているのも知っていた。だからこそ第四中学校を任されたのだ。

さらに自分が「傲慢」であることを母は見抜いていた。「傲慢」がもたらすもので良いことは何ひとつないということ、反対に「謙虚さ」はその反対でいろいろなことを学ぶ上で必要条件であり、他人から様々な点においてアドバイスを受け、それが人間として大きく成長させてくれるということを、後になって知ることになるのである。

そして「心の汗」とはどういうことなのかを長考することとなったのである。「心の汗」って何なのか、「汗」なら誰でも分かるが、「心の汗」となると目に見えないし心が汗をかくとは一体どういうことなのか………。そうか「心の汗」とは「涙」のことかと思いついた。「泪」である。彼はやっと納得することができたのである。

今まで生徒と共に「涙」を流したことがあっただろうか。生徒と共に喜び、生徒と共に苦しみ、生徒と共に涙を流したことがなかったことに気づいたのである。彼は生徒を上から見下ろしていたのだ。生徒と共に築き上げる授業を展開することを常に念頭に置いていたが、生徒の置かれている状況をどう捉えていたのか、と問われたらどう答えればいいのか、答えるのに窮していたことであろう。

彼は母の手紙を読んで我に返ったような気がした。彼は第四中学校にかわったことに対して「覚悟」ができていないことを今更ながら自覚することとなったのである。

鉛筆の決して上手と言えない字で書かれている長い手紙に、何と的確なことが書かれていることか、彼は嬉しく頼もしく有り難く思えたのであった。

🐾セル君との会話⑤

佐伯司は夕食後、二階の書斎で現実の苦々しさを噛みしめるがごとく、そしてセル君にお礼を言うかのように呟いた。

「セル君、一日が長くて面白いことは何もないんだ。毎日がウソのように重苦しいのさ。『学校を休んでも現実は何ら変わらない』のだからどうしようもないんだ。セル君と一緒にいるだけで、『ほんの一瞬だけどそれが忘れられる』のさ、ありがとう」

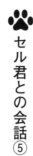

セル君はまるで悟りを開いているかのようにどこかの僧侶であるかのごとく淡々と言った。

「人生は誰にだってそういうときが何回もあるのさ。生まれて死ぬまで何の問題もない人生なんてつまらないじゃないか。『山あり谷あり平地ありまさかあり』ってよく言われるけど本当は『人生は闇から闇の連続』なのさ、そう思えば人生何とかなるさ」

夜眠れないセル君

彼は基本的に外泊はしない。セル君と一緒に朝、昼、夕方の三回一緒に散歩に行くからだ。普通は一日二回散歩すればよいのだが、セル君は小さい頃からずっと一日三回散歩に行くという生活パターンなのだ。セル君はそれを知っていてちゃんと歩いてくれる。

朝の散歩で一日が始まり、昼の散歩は父親が生きているときは父親が行ってくれ、夕方の散歩で一日が終わるのである。どんなに遅くてもセル君は散歩に行きたがる。彼もそれを厭わない。何ら苦痛ではないのだ。

唯一彼が家に帰らなかったのは「修学旅行」の引率のときだ。二泊三日の修学旅行である。

彼が家に帰らないとき、セル君は彼をじっといつまでも待っていたらしい。いつになったら帰ってくるのか、待ちわびていたのである。セル君はきっと帰ってくると信じていたのである。それでも帰らない彼を、どうしたんだろうと心配していたのだ。

母は自宅の離れで寝る。父もいつもはそこで寝るのだが彼が帰らないときは、母屋でセル君と一緒に寝たのだ。父が「セル君、親方は今日は修学旅行で帰ってこんでもう寝よか」と言ってもなかなか寝なかったということだ。

セル君は待って待って待って、それでも待っていたのだ。セル君は「不安」の塊となる。眠ることのできない日が二晩続くのだからたまらない。

セル君は一体何を考えていたのだろうか。もう彼が帰ってこないのではないかと思っていたのだろうか。

彼が家に帰って来た時の喜びようは、安堵に満ちあふれるものであったのは言うまでもない。「セル君、ただいま、遅くなってごめんね、夜の散歩に行くで」と彼が言うと、セル君は遅い時間にもかかわらず一緒に散歩に出かけたのである。

二年目の姿

二年目は一年生の学級担任となった。学年主任は前年とは違う教師になった。以前の学年主任は転出し、気が大変楽になったのは言うまでもない。

やはり一年生から指導するのはやりやすいと感じた。第四中学校は二つの小学校から本校にくるのであるが、どちらの学校も課題の大きい学校で、さぞかし小学生の指導が困難であったであろうと推測される。しかし、それはさておき済んだことは済んだこととして考えなければいけない。

入学式の日、生徒が緊張しているのを肌で感じた。生徒の顔を見れば一目瞭然である。落ち着かない顔、不安な顔、様子を窺っている顔、のんびりとした生徒の姿はなかった。彼はこの一年間、苦汁を嫌と言うほど嘗めてきたので生徒を冷静に見詰めることができたのである。

部活動は他の部にかわり、それも気が楽になった。体育館が使えないので近くの小学校の体育館で練習に励むことになった。以前の部が体育館を独占するからである。彼にとってはその方がやりやすかった。

二年目は教師が一つになることができ、「サンガ」的な存在となった。生徒の課題を言ったり困っていることを共有したりして、教師同士で悩みを打ち明けることができた。授業の展開も少し慣れ、生徒の実態に即したものとなった。余裕が出てきたのだ。

二年生の生徒は三年生となり、校舎も別の校舎にかわっていたので、会う機会も減った。用がなければ顔を合わすこともない。たまに会っても素知らぬ顔をしていた。

一年生の生徒は素直で純朴であった。彼は力で抑え込むような指導をしなかったので、生徒は彼を慕って本音で接することができた。有り難いことである。

部活動では生徒と一緒に汗を流したりもした。ときには一緒に走ったりもした。彼はグラウンドをゆっくりジョギングしていたので体力はついていった。汗を流すと気持ちがすっきりし、身体も鍛えられていった。

我慢しただけのことはあったのだ。生徒の良い面が見えてきたではないか。昨年のことが嘘のようであった。

セル君、関節炎で歩く姿が痛々しい

セル君の散歩は、まず軽トラックの助手席に乗り高速道路の高架下まで行き、そこで車から降りて車の通らない側道を自由気ままに歩くことになる。その日の気分によって歩く距離は異なるのだが、おしっこは三回し、ウンチはしたりしなかったりといったふうである。

彼はセル君が他の犬や散歩している人に襲いかかったりしないことを知っているので、リードを外してやる。本当はリードを外してはいけないのだが、セル君は利口なので外してやる。前脚は関節炎で歩く姿が痛々しい。昔のようにリードをぐいぐい引っ張るということはできない。ゆっくりと自分のペースでよたよた歩いている。

セル君は「根性」で歩いているようだ。北へ北へ向かって、あるいは西へ西へ向かって歩こうとする。「セル君、無理せんでもいいで」と言うが、セル君は脚の痛みを感じながらも前へ前へ進もうとするではないか。

「セル君、帰りもあるんやで、それを考えて歩いてや」と言ってもお構いなしである。一切耳を貸そうとはしない。結局、帰りは彼が両手で抱いて歩くのであるが、セル君は十一キロあるので結構重く、しばらく歩くと彼の両手両足が疲れてくるのだ。

しかし、それは彼にとって苦痛であるとはさらさら感じないことであった。

セル君が鼻を鳴らす音は父と同じである

セル君はときどき鼻を鳴らす。その音を言葉で表現するのはちょっと難しいのだが、よく聞いていると彼の父親が鼻を鳴らす音とよく似ているのである。そういえば父もときどき鼻を鳴らしていたような気がする。

セル君は父のことが大好きなのである。毎日、昼の散歩は父と一緒にずいぶん遠くまで歩いていたのだから、そうなのである。父は九十歳を過ぎてなおよく歩いたものだと感心する。父とセル君は四つの散歩コースを持っていた。北へ南へ東へ西へというように。

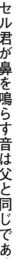

彼はまだ若いが、そこまで歩くことは不可能である。はっきり言って遠すぎるのである。どのコースも行って帰って来るのに三十分以上はかかる。今のセル君にはちょっと荷が重いと言えるだろうし、彼にとっても無理だ。

昔は前脚でぐいぐいリードを引っ張っていったので、セル君の脚の爪は擦り減って切らなくてもよかったのだ。今では爪は切らないといけないので、動物病院で切ってもらっている。

セル君と父が同じような音を立てているというのは、本当に不思議なことだ。二人はそれを知っているのかそうでないのか、よく分からないが彼はそう思う。二人とも自由気ままな人生を送っている、つまり人生を謳歌しているのだ。

教室に花を生ける

佐伯司は何もしないでいることが苦しかった。

彼は自分にできることは何かを考えてみる。教室に花を飾ってみようと思いついた。花を探さなければならない。彼は道に生えている白い花を摘んでくるが、母はそれは「草や」と言う。草でも何でもいいのである。

教室に花を飾ることしかできない自分をみじめだとは思わなかった。それが草だろうが何だろうがどうでもいいのであった。教室を飾ってくれればそれで十分なのだ。彼にできることはそれぐらいしかなかったのだ。何かをしたかったのである。

花屋で花を買うことなど思いもよらなかった。名もなき花でよいのだ。お金がもったいないということではない。教室に飾る花はひっそりと咲くものでいいのだ。綺麗な花、華麗な花は教室に似合わないということを、無意識のうちに感じていた。地味で質素であまり自己主張をしない花こそ、彼が求めていた花なのだ。

豪華な花を教室に飾ったならば、生徒はびっくりし、どうしたのか何かあったのかと彼に言い寄ることは予想できたのである。

彼は「花」が助けてくれると思ったのである。「花」に助けを求めたのだ。「花」が彼を、彼の生徒を慰めてくれているように感じた。今までにこんなことは体験したことがなかった。

単なる彼の気休めであった。気休めでもしないよりした方がいいと彼は考えていたのだ。

セル君との会話⑥

朝の散歩の途中、佐伯司はほんのちょっとだけプラス思考になり、何かできることはないかと考えてみて、やってみたことを言った。

「教室に花を生けてみよう、そんな気持ちになって道に生えている花を生けてみたよ。母は『それは草や』と言ったけど、草でも何でもよかったのさ。みじめな自分の心を『道に生えている花』は慰めてくれるのさ」

セル君は佐伯司のしたことを目を大きく見開いて励ますように言った。

「花は黙して語らず。花は誰が見ていようが見ていまいが、水を吸って生きているのさ。どんな花でも力いっぱい咲き誇っているのさ。花は『教室や生徒の心』を和ませてくれるさ」

セル君、舌の手術をする

セル君を動物病院へ連れて行く。たまたま待っているとき、セル君の顔を横から見た。セル君の舌がどうもおかしい。舌が長くなっている。彼はびっくりした。

すぐに先生に診てもらう。先生はセル君の舌をじっと診察する。「うーむ、ちょっと舌がおかしいですね」。先生は麻酔がかけられるかどうかを調べると言う。麻酔がかけられることが分かると、先生は手術する段取りを進め、次回手術する日を告げる。

手術はレーザーで舌の腫瘍を取り除くという方法である。よって出血することはないらしい。ただし、一晩泊まることになる。セル君の初めての外泊である。

その後、セル君は病院で予定通り手術を受けた。セル君のいない一夜は彼にとってとても不安な一夜であった。セル君がいないということは彼にとって初めて経験する一大事であったのだ。彼には考えられないことで、何とも言えない淋しさを感じることとなった。

手術が終わり、腫瘍は良性ということであった。先生から「うまくいきましたよ、大丈夫ですよ」と言われ、彼は安堵した。ああよかったと心の中で叫んだのである。

セル君が家にいないということは、彼にとってこんなにも空白感を感じさせるものなのかと痛いほど胸に突き刺さる。

セル君の存在は彼にとって、かけがえのない存在なのである。セル君とは一心同体なのである。

動物病院をセル君と一緒に後にする。セル君は少し疲れているかのように見える。

「セル君、よかったね」とセル君をいとおしく思ったのは言うまでもない。彼はたまたまではあるものの、セル君の舌の異変に気がついて本当によかったとつくづく思った次第である。

中庭で練習する吹奏楽部

吹奏楽部の生徒が中庭に椅子や楽譜、楽器を運んでいる。これから中庭で吹奏楽部の生徒が練習をするのだ。今まで彼はそんな光景を見たことがなかった。こんなに暑いのによく頑張るなあというのが、彼の本音である。

当然、音楽の教師が指揮を執っている。指揮は慣れたもので指揮棒を自在に操っているではないか。中庭には音が鳴り響く。よく反響しているのだ。途中で演奏は止まり、指導が入る。もう一度、演奏がスタートし演奏が繰り返される。たいしたものである。地方大会に出場するために暑い中練習に励んでいるのである。当然、生徒は汗を流している。流れる汗を拭きもせず演奏を続けるのである。何という逞しさかと彼は感心する。暑くても頑張る姿に胸を打たれる。

「根性」で頑張っているのだ。彼は見習いたいものだと思った。物事に真剣に取り組む姿は美しいのだ。誰が何と言おうと。

セル君の顔がお大師様の顔に見える

セル君の顔をじっと見る。セル君はなかなかの男前である。セル君は柴犬なのだが、他の犬とはちょっと違っていて、真っ白で綺麗な犬である。身体は筋肉質でとてもしなやかである。セル君を抱くとそれがよく分かる。

セル君と目と目が合う。セル君を見ていると、ときには「お大師様」のようにも見えるし、「彼が教えている生徒の顔」のようにも見える。

何とも不思議なことである。セル君の目をじっと見る。セル君の目は薄いブルーである。セル君の目は遠くまでよく見える。ずっと向こうにいる犬をじっと見ている。人間の目と同じかそれ以上である。

それにしても、セル君の顔は犬でありながら、いろいろな人の顔に見えるというのは、とても不思議なことなのだ。

セル君は、彼にとって犬以上の存在であるのは言うまでもないのだ。

四季の美しさに感動する

彼は今までいろいろな学校に勤務したが、第四中学校ほど山の四季を感じることはなかった。春は校庭の桜が咲き誇り、妖艶な花びらを見せてくれる。秋になると紅葉が鮮やかである。紅葉になる前、紅葉の盛り、紅葉の後など他の学校では感じることのない見事な美しさであった。

紅葉と言っても黄色や赤色やその他のえも言われぬ色が織り成す錦秋は、彼の心を癒やすのに十分過ぎたのである。自然の織り成す色は言葉で表現できない微妙な色である。おそらくその多様さは何色などと言うことは不可能である。

このあたりに住む人はそれが当たり前なのかもしれないが、そうでない人は四季の美しさに驚かされるのである。疲れ果てた彼の心と身体を慰めてくれる唯一の存在であった。

あでやかな桜の花を見て、あるいは秋に紅葉する木を見て、彼は一瞬ではあったが心が潤うのを感じることができた。

自然はどんなことがあろうと、変わりはしない。違うのは見る者の心理状態なのだ。もし、何ら困っていなかったら自然の美しさに感動することはなかったことであろう。

彼は自然の美しさにこの地域の錦秋にハッとさせられたのである。

セル君との会話⑦

佐伯司は夕食後二階の書斎で生まれて初めて自然の美しさを感じて言った。

「セル君、今の学校の近くは『桜』は言うまでもなく『秋の紅葉』は、今まで感じたことのない見事な美しさで『自然の織り成す色』に感動したよ。『心が潤う』のを感じることができたさ。他の中学校ではありえないことだよ。紅葉した葉が『えも言われぬ美しさ』だよ」

セル君は佐伯司の感動を肯定しながら、感動できたのは第四中学校だったからだということを言った。

「やっと気づいたのかい。気づくのにずいぶん時間がかかったじゃないか。第四中学校に来たからこそ『自然の美しさ』に感動できたんだよ。よかったじゃないか。『自然の美しさ』は人間が創れやしないってことさ」

セル君、父とともに遠くまで歩く

父は九十歳を過ぎてもセル君と一緒に遠くまで散歩に行った。それも彼が散歩に行く距離をはるかに上回っている。考えられないことである。

父とセル君は大の仲良しなのだ。父の歩くペースに合わせてゆっくり歩いているのだ。セル君は本当に賢いと思う。彼と一緒に散歩に出かけることは、言うまでもなくセル君の楽しみなのだ。

セル君が父を散歩に連れ出したと言える。

セル君と父の思いは、口に出して言わなくても以心伝心伝わっているのだ。

セル君は心の底から父に身を委ねるほど、心を許していると言える。

母の不在、父の不在

母が亡くなった。セル君は母の葬儀のとき家で留守番をしてくれた。法事のときも二階でおとなしくしてくれていた。

父が亡くなった。セル君は母の葬儀のときと同じように一人で家で留守番をしてくれた。法事の時も二階でじっとしてくれていた。

彼は安心して葬儀を執り行うことができた。セル君のおかげである。セル君は母と父の不在をどう思っているのだろうか。

二人の不在で彼とセル君は濃密な時間を過ごすこととなった。セル君がいるからこそ彼は規則正しい生活ができるのである。

散歩ではだんだん歩けなくなってきたけれど、セル君は前へ前へ進もうとする。結局、帰りは彼が抱くことになるが、彼は何ら苦痛には思っていない。

セル君と過ごしている日々は彼にとって他にかえることのできない貴重な時間なのだ。

郵便はがき

料金受取人払郵便

新宿局承認

7553

差出有効期間
2024年1月
31日まで
（切手不要）

1 6 0-8 7 9 1

141

東京都新宿区新宿1－10－1

(株)文芸社

愛読者カード係 行

お名前《ふりがな》			明治 大正 昭和 平成 年生 歳	
ご住所《ふりがな》	□□□-□□□□			性別 男・女
お電話番号	（書籍ご注文の際に必要です）	ご職業		
E-mail				
ご購読雑誌(複数可)			ご購読新聞 新聞	

最近読んでおもしろかった本や今後、とりあげてほしいテーマをお教えください。

ご自分の研究成果や経験、お考え等を出版してみたいというお気持ちはありますか。

ある　　ない　　内容・テーマ（　　　　）

現在完成した作品をお持ちですか。

ある　　ない　　ジャンル・原稿量（　　　　）

名				
買上 店	都道 府県	市区 郡	書店名	書店
			ご購入日	年　月　日

書をどこでお知りになりましたか?

1.書店店頭　2.知人にすすめられて　3.インターネット(サイト名　　　)

4.DMハガキ　5.広告、記事を見て(新聞、雑誌名　　　)

上の質問に関連して、ご購入の決め手となったのは?

1.タイトル　2.著者　3.内容　4.カバーデザイン　5.帯

その他ご自由にお書きください。

(　　　)

本書についてのご意見、ご感想をお聞かせください。

①内容について

②カバー、タイトル、帯について

弊社Webサイトからもご意見、ご感想をお寄せいただけます。

ご協力ありがとうございました。

※お寄せいただいたご意見、ご感想は新聞広告等で匿名にて使わせていただくことがあります。

※お客様の個人情報は、小社からの連絡のみに使用します。社外に提供することは一切ありません。

人間を動かすものは『理屈』ではなく『人情』である

人間は動物であることを忘れてはいないだろうか、そう、人間は動物なのである。理性を兼ね備えた動物なのである。それを人間は忘れている。

人間は、まるで「機械」であるかのように思われているではないか。実はそうではないのである。人間は犬や猫やサルと同じ動物なのだ。少しばかり頭脳が優秀なだけだ。

人間は「理屈」で動くと思ったら大間違いである。人間は「感情」、言いかえれば「人情」で動くものなのである。「理屈」は「理屈」でしか過ぎない。「理屈」を通せばどうなるか、そんなことは分かりきっているではないか、「無理」が出現するのである。

頭で分かっていても心では納得していないということはよくあることだ。仕方がないと割り切るほかにしようがない。それはイヤイヤやることになり、ストレスが溜まる。であるならば、しないほうがよいに決まっている。

最近よく聞く言葉に「セクハラ」「パワハラ」「モラハラ」などがある。それらの言葉は「人情」という言葉の対極に位置している。

とてもしなやかで温かいセル君

セル君の身体を抱く。セル君の身体はとてもしなやかで筋肉質で温かいのである。セル君は三か月で我が家に来た。

他の犬を抱いたことがあるが、ごつごつしていて痩せていたように思う。

セル君と一緒に歩く。途中で動かなくなる。歩けないのだ。彼はセル君を両手で抱く。結構重い。少し歩くだけで限界を感じてしまい下ろす。

セル君は彼と同じ高さであたりを見ることになる。「どうや見晴らしはいいか」と聞く。黙って遠くを見つめているセル君。セル君の瞳はじっと遠くを見ている。

どう思っているのだろう。それはほんのしばらくのことである。

彼はセル君がいとおしくてたまらない。

セル君の遠吠えは無理をするなということ

セル君が二階で「ウォーン、ウォーン」と遠吠えをしている。悲しくて切なくて淋しげに聞こえる。彼は家の中の一階で仕事をしている。セル君は彼がそばにいないことを知っている。

二時間ぐらい仕事をしていると身体も疲れてくる。セル君は「いつまで仕事をしているのか、もうやめとけ無理するな」と言っているようである。

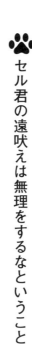

彼は疲れているがさらに拍車がかかるようだ。苛々してくる。

セル君は相変わらず吠えている。叫んでいる。淋しげな遠吠えである。もう仕事をやめた方がよさそうである。

「セル君、一人にさせてゴメンゴメン」となだめる。

セル君は安堵して彼に近づいてくる。何とも愛しくなる。

ちょっと仕事をやり過ぎたかな、と反省する。

「無理するな」とセル君は叫んでいたのだ。

謙虚さを学んだ三年間

第四中学校に勤務して「謙虚さ」がいかに大切かを頭でなく肌で感じた。「謙虚さ」というのは、できるようでなかなかできることではない。人間は自分中心に物事を考えるからだ。他人のことよりもまず自分を優先するのは生きるための常套手段なのだ。

人間は傲慢になりがちである、そんなことは分かりきっている。「謙虚」になれない、何故なのだろうと考えてみるがそうたやすく答えは見つからない。

実は「謙虚さ」こそがやがて「好運」をもたらすのである、それは中国の古典を読んでいるとよく分かる。

学ぶ上で「謙虚な心」は最低限必要である。反対に「傲慢」な振る舞いは自分を苦しめることになる、人生とはそういうものなのである。

しかし「謙虚」になることはなかなか困難である。人には「プライド」があるのでそれを捨て去ることは、自分以外は師であることを忘れてしまっているので、困難を極めることになるのだ。情けないことである。ひとそれぞれ誰もが長所を持っているのだが、それを発揮することは茨の道を歩くようなものなのだ。

彼は第四中学校に三年間勤務して「謙虚さ」の大切さを身に染みて味わうこととなった。

それは生徒への「謙虚さ」であり迎合することとはずいぶん違う。

「傲慢」とは気持ちが高ぶり躁状態になることだ。

先に述べたように自分以外は師であることを念頭に置いて生きることは、ちょっとやそっとでできることではないのだ。

「謙虚さ」と「傲慢」は対峙しているのであるが、まるでコインの裏表であるかのようだ。

セル君との会話⑧

佐伯司は昼食後リビングで、月日が経つとともに今の環境に慣れていったことを素直に感じながら言った。

「セル君、一年目は本当につらかったけど、二年目、三年目、時が経つにつれて少しずつ楽になってきたよ。『石の上にも三年』と言うけれど、確かにその通りになったよ。不思議なことだけどそんな気がするんだ」

セル君はすべて分かっていたかのように言った。

「そうか、やっとそう言えるようになったか。言ったじゃないか、『人間はどんな環境でも必ず順応できる』ってことを。辞めなくてよかったじゃないか。『第四中学校は佐伯司を必要としていた』ってことなんじゃないかな、そう思うよ」

立派なウンチをするセル君

セル君は体重が多いときは十四キロぐらい、現在は十二キロぐらいなのだが、つまり立派な中型犬なのだが結構立派なウンチをする。

お見事と言うしかない。下痢をすることはほとんどない。便秘もない。

食べたら出すということがいとも簡単にできるのだ。人間はそれがなかなかできない。

セル君のウンチは硬すぎず軟らかすぎず、ちょうど良いのだ。食べたものがそのまま出てくることも時にはあるが。それは犬には消化できないということなのである。

塩分はだめである。塩分の入ったチーズを食べた後はハァーハァー言っている。塩分を取ると脈が速くなるのだ。

それでもセル君は欲しがる。

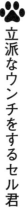

塩分が入っていなければいくつでもあげたいくらいだ。

第四中学校の在りし日の姿

彼は第四中学校での三年間を振り返っていた。

できる生徒は目立たず様子を窺っているかのようである。決して目立とうとはしない。他校と違うのはこの一点に尽きる。他校ではできる生徒がリーダーシップを発揮しているのであるが、第四中学校ではなかなかリーダーとしての力を発揮することはできない、そういう雰囲気なのである。黙して語らずといったところだろうか。

また、教師が親より怖いかどうかで生徒のとる態度は変わる。また自分の力を試そうとする。自分の力が腕力が教師より強ければ、当然教師の言うことなどに耳を貸そうとはしない。自分が生徒の中で頂点に立つのである。

「規範意識」よりも「動物的本能」の方が優先されるのである。自分の気にいらない教師に対しては礼儀などわきまえることがない。怖い教師の言うことは表面上従うが。

全ての生徒がそうだということではない、一部の生徒はそういうことを当たり前のように繰り返した。教師は一人で対応するのには限界があり、協力して助け合って指導に当たればまだよかったのだが、そうでないことの方が多かったようで何人かの教師が辞めていった。

そういう生徒が少なからずいたことで、できる生徒は影を潜め様子を窺うことになったのだ。教師を教師とも思わず、謙虚に学び成長するはずの中学校の三年間ではなかったということだ。

無理を通せばセル君の歩く距離が短くなる

彼が機嫌が悪くてセル君に八つ当たりすると、セル君はそれを感じて散歩の距離が反比例して短くなった。セル君はいつもと同じなのであるが、彼の心持ちによって八つ当たりすることがあるのである。

それはちょっとしたことで取るに足りないことなのだ。しかしセル君はそれを敏感に察知して反応してしまう。

セル君は繊細で彼の不機嫌さを知っていて、歩けなくなるのだ。セル君はよく分かっている。頭で感じると言うより身体で感じ取っているかのようだ。

セル君の変化に気づいた彼は悪いことをしたなあと思い、「すんませんな」とささやくのである。

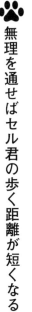

セル君に責任はない。責任は彼の方にある。セル君はたまったものではない。

結局彼はセル君に謝ることになる。彼は人徳のない人間なのであってどうしようもないのである。
セル君には頭が上がらない。

生徒に寄り添えるか

生徒の実態は学校によって異なる。当たり前のことである。学力の高い学校もあればそうでない学校もある。いじめのない学校（いじめの定義にもよるが）などは存在しない。

教師は学校の実態に応じて指導法を変えなければならないのだが、実際はどうか、たぶんどの学校に行っても同じ指導法で授業を展開しているのではなかろうか。

問題はそこにある。生徒の学力をしっかりと把握し、生徒に応じた指導をしなくてはならないのに、指導する内容が決められているので、生徒の実態が変わってもひたすら同じ指導をする、つまり授業の展開を、授業のスタイルを変えられない教師は、苦しむことになる。学習スタイルを柔軟に変えられる教師は、どんな学校であろうとやっていける。

教師は柔軟に生徒に対応しなければならないと言えるだろう。なぜなら、学習スタイルより先に生徒の実態が存在しているのだから。

生徒が教師を信頼し、ともに生きた授業を築き上げることができれば好循環をもたらし、生徒も教師も満ち足りた日々を送ることができるであろう。

セル君の後ろ姿は朝青龍の尻のようだ

セル君は自分の後ろ姿を見ることはできない。陰部や肛門を舐めることはできるが尻を眺めることは無理である。

しかし、彼にはよく見える。セル君が若かりし頃、セル君の尻はまるで朝青龍の尻のように立派なものであった。尻尾は見事に反り返り、尻の穴がよく見え自信満々で歩くたびに尻尾が揺れる、そんな姿であった。

今は尻尾は垂れ下がり昔に比べるとずいぶん年を取ったものだ、という感は否めない。


力強く歩くのでセル君の爪は擦り減り、爪切りで切らなくても済んだが、現在はそうではないので動物病院で切ってもらうことになる。

尻尾は毛が抜け、汚れている。それは彼がこまめに尻尾まで洗わないからである。

犬も人間も年には勝てないと言ったところだろうか。

セル君の尻尾が昔のように元気よく反り返る姿をもう一度見たいものだ。

生徒は褒められて育つ

生徒を叱る教師が多い。しかし、叱れば叱るほど生徒は育たない。叱られて頑張る生徒はおそらく少ないであろう。

教師もそうであるが褒められると生徒は気分がいい。褒められて気分を害する生徒はいない。つまり、生徒は褒められて成長するのである。

「褒めあげ会」などというのもある。その人のよいところだけを指摘し合うのである。決して悪い所を指摘してはならない。

そうすると、自分はこんなふうに思われているのかと驚く。自分のことはなかなか自分には分からないものなのだ。他人のことは客観的に観察できるが、自分のことは観察できない。

教師は生徒のよいところをしっかりと把握し褒めたいものだ。

小さなことに対しては小さく褒めればよい。大きなことに対しては大きく褒めればよい。直接生徒を褒める、間接的に褒める、いずれにしても間髪を入れず褒めることが大切である、と彼は確信している。

セル君は無理をしない

人間は無理を重ねてついには倒れてしまう。しかしセル君は決して無理をしない。

食べ過ぎるということはなく、お腹が膨れたらもうそれ以上は食べないのである。残すのだ。

散歩も同じで調子が良いときはどこまでも歩こうとするが、調子の良くないときは途中で引き返そうとする。

眠くなったら眠り、お腹がいっぱいになったら全部食べようとはしないのである。

セル君は足ることを知っているかのようだ。つまり動物として生きているのである。

人間も動物である。しかし人間はそれを忘れて生活している。いつも同じことを繰り返しているではないか。まるで機械のごとく。

人間は動物であることをセル君は教えてくれる。

或る教師の家庭訪問

教師が、教師の家庭訪問をすることがある。それは、教師が登校を拒否しているときである。要するに教師を励ましに訪問するのだ。

教師も生徒同様、苦しむ時があるのであり、助けが求められる。

教師を家庭訪問できる教師は、度量の大きな教師である。「救い」となる家庭訪問である。

彼にはそんなことがあったのである。学校へ行きたくなくて休んだ時、それを察した教師は彼の家にやって来た。そして、「お前の気持ちはわしもよう分かる、そやけど学校へ出てくることが大事や」と言った。

彼はそのときは分かっていなかったのだが、後になって考えてみるとよく自宅に来てくれたなと有り難い思いでいっぱいになったのである。
教師への家庭訪問もあるということは何ら不思議なことではないのだ。

セル君との会話⑨

一階のリビングで、佐伯司は同じ学年の先生が午前中の授業の合間をぬって自宅に来てくれたことが嬉しくなって言った。

「同じ学年の先生が自宅に来てくれたよ。学校に来るようにと励ましてくれたよ。こんなことは生まれて初めてのことだよ。つらいのは自分だけじゃないってことが分かったよ。その時は感じなかったけど、よく分からなかったけど、今から思うと本当に有り難いことだったんだね。感謝しなくてはいけないね。先輩の先生もつらかったのさ。だからこそ来てくれたんだね。その気持ちは本当に有り難いことだね」

セル君は自分も同じ気持ちであることを認めながら言った。

「そうか同じ学年の先生が来てくれたか。よく来てくれたね。その先生は余程度量の大きい先生なんだよ。その先生の『温かい気持ち』を忘れてはいけないよ。いつか必ずお礼をしなくてはいけないよ。それが『仁義』と言うものさ」

🐾仕事を休むと甘えるセル君

彼が家で仕事をしているとき、具体的に言うと何かを書いているときやノートパソコンでキーボードを打っているとき、本を読んでいるとき、セル君は寝ている。

ところが彼がそれをやめるや否やセル君は甘えてくる。

むくっと起き、構ってほしくてたまらないのである。横になっているが実は寝てはいない、ちゃんと起きているのである。

彼が席を外してトイレに行くと、セル君は彼の後をついてくる。セル君は本当に賢い犬だと思う。彼が休むと構ってほしくて仕方がないのである。

セル君は常に彼のことを気にしていてどこかへ行こうものなら、気になってしょうがない。

彼はどこかへ行くときは必ず行き先を言って、ちゃんと留守番を頼むことにしている。

セル君は分かった任せてくれと言っているかのようで、彼は安心して外出できるというものだ。

第四中学校とはどんな学校だったのか

佐伯は第四中学校での経験を振り返っていた。

全ての生徒がそうだとは言えないが、生徒は純朴で素直であるという傾向がある。

自分の思ったことは何でも率直に話す。瞳の奥は澄み切っていて決して濁ってはいない。

第四中学校の良いところは三年目にしてやっと分かってきた。いい奴もいっぱいいることに気付いた。

できる生徒は本当にできる生徒である。

生徒は自分の思っていることを飾らないでストレートに言う。

教職員がひとつになれる学年もある。
「校内研究」など、あまり重要でないことには力を注がない。
他校と学力の平均を比較すると低いが、できる生徒は少なからずいる。
生徒はシンプルである。
生徒や教師の雰囲気は、あっさりしている。
他校へかわるとき全く未練がましくない。
生徒とは裸の飾らない付き合いができる。

雪を食べながら歩く

雪がしんしんと降っている。ぼた雪で昨日の夜中から降り続いている、久しぶりの積雪である。

「セル君、散歩に行くで」と言うとセル君はストーブの前で横になってくつろいでいるが、起き上がりゆっくりと歩き出す。セル君は雨は嫌うが雪は大好きで雪を食べながら歩いている。

雪は夏に食べるかき氷のようだ。「セル君お腹が痛くなっても知らんで」と言ってもお構いなしである。舌で舐めるようにして雪を食べる。

雪を食べたからと言って下痢をするわけではない。何ら問題はない。しかし彼はそれを見て心配する、無用な心配である。「食べ過ぎないようにね」と。

この張り詰めた気持ち

彼は第四中学校での一年目を今でも思い出す。

朝、起きる前に早くから目が覚めてしまう。

今日も学校へ行くのかと思うと気が重い。

常に自分の心の中で張り詰めたものがある。

今までに感じたことのない感覚である。

ということは、無意識のうちに重圧がかかっているのである。

この気持ちが緩むのは、一日が終わって学校をあとに自宅に向かうときだけである。この気持ちは体験しないと分からない、言葉では説明し尽くせないものなのだ。

この気持ちを持続させることは難しい、どれくらい持続できるであろうか。

朝起きて田圃の水が凍っているような、そんな引き締まった空気感がする。

それは何なのだろう、ほんの少し魅力がある。

他校では味わったことのなかった気持ちなのだ。

ペニスが勃起する

セル君は春になると発情する。うつろな目をして彼に近寄って来て、両前脚で彼の右腕をつかみ何か言いたげである。

彼はよく分かっている。セル君が発情していることを。セル君を両手で抱き寄せ、ペニスをつかみゆっくりと擦る。

するとセル君のペニスは勃起し腰に力を入れて、前後に激しく動かす。セル君のペニスは大きくなりしばらくすると射精する。そして自分のペニスを舐めている。セル君は自分のペニスを舐めることができるのだ。

セル君の射精は速い。彼はセル君のペニスが勃起するのはよいが、元通りになるのか心配になる。それほど大きくなるのである。

セル君は男なのでそうなるのは至極当然なことで、彼は何とも思っていない。

井戸水をおいしそうに飲むセル君

彼は一日に三回セル君と散歩するのだが、昼の散歩は隣町にある大きな神社へ行くことにしている。この神社は歴史が古く何種類もの木々が生えていて、昼間でも鬱蒼《うっそう》としている。

鳥居をくぐる横に井戸水が年中流れている。夏はこの水を求めてやって来る人もいる。

セル君はここに井戸水があることを知っていて、あふれ出る冷たい水をおいしそうに飲んでいる。一年中同じ水温の地下水である。

「セル君、あまり飲み過ぎるとお腹を壊すで」

と彼は言うが、セル君は気にすることなくぐいぐい飲んでいる。

彼は神社に来るとセル君と別行動をとり、自由気ままに木々の様子や杜を見るために一人で境内を歩き回る。台風で折れた枝がたくさん落ちている。台風は容赦なく襲いかかり、そして枝が折れあるいは木が倒れたりする。倒れた木を見ると台風のエネルギーの強さに驚かされる。

井戸水のところに戻るとセル君は満足したのかもう水を飲んではいない。彼を探しているのだ。彼はセル君を軽トラックに乗せこの神社をあとにしたのである。

普通とはどういうことか

よく「普通は」というように言われるが、「普通」とはいったいどういうことなのであろうか。

何を持って「普通」と定義するのか。

分かるようで分からない。「普通」ではないということはどういうことなのだろうか。

「普通」の反対は「特別」である。「特別」とは『普通のもの一般のものとは区別して例外的に扱う様子。特殊。格別』と辞典に載っている。

それに対して「普通」とは『特に変わった所がなく同じようなもの・ことがいくらもあること。多くの場合はそうであるようす。たいてい』とある。

「普通の学校」とは当たり前のことが当たり前にできる学校であり、そうでない場合は「特別な学校」ということになろう。

教師が「特別な学校」に勤務する場合、「普通の学校」では当たり前にできたことが当たり前にできない可能性を念頭に置いてかからないと大変なことになり、大きなギャップに悩まされることになるであろう。

であるならば、新しく赴任してきた教師に対して「特別な学校」であることをしっかりとガイダンスするべきである、と彼は思うのである。

セル君、爪を切ってもらう

「セル君、爪がだいぶん伸びてきたね、切ってもらいに行くか」とセル君に言う。

昔はずいぶん遠い所まで歩いたので爪は擦り減り、切らずにすんだのだが今は短い距離しか歩けないので、動物病院で切ってもらっているのである。

動物病院で彼はセル君の頭を両手で抱きかかえ、動かないようにして、その間に爪を切ってもらうのだ。当然セル君は嫌がっている。

犬の爪を切るのは簡単そうだが、素人が切ると切り過ぎて血が出てくる。専門家にやってもらうのが一番よいのだ。

あっという間にセル君の爪は切られ、切られた爪が台の上に残る。それを見ると確かに爪は伸びていたことが分かる。

セル君は若かりし頃、そう簡単に爪を切らさなかったが、今ではおとなしくしている。

中学校の教師とは何なのか

中学校の教師は、小学校や高等学校の教師と違って何かと大変なのである。中学校は部活動があるし、生徒指導があるし、学習内容を指導するのはほんの一部なのだ。

高等学校のように生徒を退学させることはできないし、ちゃんと高等学校へ進学させなければならない。小学校も近頃は大変だと思われるが、やはり中学校が何と言っても大変なのだ。

土日も学校へ行って部活動の指導をしなければならない。結局毎日学校へ行くのである。

「金八先生」という番組は一見よいように思われるが、そうではない面もあるのだ。教師は夜遅くまで生徒や親の指導をするのが当たり前で、まるでサービス業であるかのごとく扱われるようになったからである。

そういう教師が「良い教師」とされ、そういうことを親が求めることになる。そうして中学校の教師は四六時中働くようになった。

さらに情報教育の高度化など今まではなかったことにも対処しなければならない。教師は生身の人間なのであるからオーバーワークになり疲れ果ててしまう。教師がしなければならないことと、しなくてよいことをはっきり分別すべきである。そうしないと教師はつぶれてしまう。

セル君、ソファの上に上がれなくなる

二階からセル君の喚く声が聞こえてくる。

急いで二階へ行ってみると、セル君はいつも寝るところになっているソファに

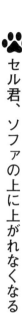

上がれなくなっていた。

いつも後ろ脚で蹴ってソファの上に上がっていたのだが、脚力が弱ってきて上がれないのだ。

彼が両手で抱いてソファの上に上げると、セル君はソファの上を歩き回り、寝る場所を考えている。

ソファの上にはタオルが敷いてあるが、セル君の毛で汚れている。

そんなことはたいしたことではない、と彼は思っている。

汚れるのは生きている証拠なのだから。

他校へかわるときの気持ち

自分が仕事で苦労した学校から別の学校へかわるとき、どんな気持ちなのだろうか。

おそらく今までのプレッシャーから解き放たれ、束縛から解放されるであろう。

厳粛な綱渡りは終了する。

ということは一挙に気持ちは緩んでしまい、精神的に楽になる。

しかし、一度緩んだ気持ちを立て直すのは容易なことではないだろう。

そうして再び今の学校にかわるとしたならばどうだろうか、緊張感は持続するのであろうか、彼には分からない。

新しい学校にかわると「今までの苦しみ」から逃れられるが「別の苦しみ」が待っている。

彼はそれを嫌というほど味わうこととなった。その結果「抑うつ神経症」になるのである。

匂い袋にたまったものをとってもらう

いつの頃からだろうか、セル君のお尻の穴の近い所にある匂い袋に、汚れたものがたまるようになった。

若いときは汚れたものはウンチとともに自然に排出されたのだが、それができなくなり、動物病院の看護師さんにティッシュペーパーをお尻の穴に入れ、拭きとってもらっているのだ。

結構匂いがきつく、臭そうである。臭くて当たり前、生きていれば身体から出て来るものは臭いのだ。
年を取るといろいろと処置をしてもらうことも増えてくる。
セル君も大変なのだと思う。
でもセル君は「根性」で歩いている。
どこまでもどこまでもどこまでも。
セル君はいくつになってもセル君なのだ。

どんな現場でも学ぶことはある

第四中学校に三年間いたが、学んだことは実はたくさんあった。

三年間何も考えずただ辛抱するというのではいけない。

どんな状況の中でも今まで知らなかったことを知り、やってみないと分からないことも分かる。

今までの考え方では通用しないのであるから、別の方法を考えなくてはいけない。

いかにして生徒に学習内容を理解させるか、それをいち早く知れば何とかなるのだが、今までの指導法にこだわっていれば行き詰まる、どうしようもなくなる。

第四中学校には第四中学校の歴史があり、その良い面をさらに伸ばしつつ、改めるべき点は勇気をもって新しく変えていくことが肝要なのだということを彼は肌で感じた。

それは言葉遣いであったり、学習ルールの徹底であったり、リーダーの持つ力を発揮させることであったりすることだと彼は確信している。

セル君は注射を嫌がらない

動物病院で何度も注射を打ってもらっているのだが、セル君はあまり気にしていないようである。

一瞬のうちに終わるということもあるだろうが、セル君はじっとしている。

他の犬はどうなのか分からないが、セル君は注射を嫌がらない。

日によっては「狂犬病の注射」「フィラリアの注射」など何回も注射を打ってもらったこともあるが、セル君は大丈夫である。

飼い主にとっては大変有り難いことだ。

セル君は肉が大好きである

彼が肉を食べているとき、セル君は彼のところへやって来て、欲しそうな顔をする。

動物病院の先生はササミやサツマイモなどは食べさせてもいいと言うので、肉をあげるとセル君は噛むのではなく、まる飲みである。

あっという間である。噛んで味わってはいない。

一度あげるとやみつきになりドッグフードを食べなくなったので、意を決してあげないことにした。

犬はやっぱりドッグフードが適している。なぜなら消化がよいしウンチも食べたらすぐ出す、それも程よい硬さのウンチなのだ。

セル君、悪いけど肉や野菜はやめとくよ、食べるの我慢してね。

人事異動で第二中学校にかわる

第四中学校での三年目が終わろうとしていた。

彼は以前勤めていた第二中学校に転勤することになった。また第二中学校かという思いと、第二中学校で良かったという安堵感で不安は全く感じなかった。

第二中学校に行くのは二回目である。一回目は南部の離れた中学校からかわったときである。そのときは平穏な学校で何ら問題はなく、教師は年配者が多かった。分かりやすく言えば退職前に行く教師の多い学校のような感じがしていた。今回はちょっと前とは違っていたが、それでもまだまだ問題の少ない学校であった。

けれども一度緊張した糸は、伸びきった糸は、元に戻ることが困難であるということにやっと気づかされる。彼は第二中学校への異動後、「抑うつ神経症」に襲われ、それと悪戦苦闘することになった。彼が予想だにしなかったことである。そして医者と相談して薬を飲みながらの毎日が続くことになる。

彼は以前の切れ味鋭い教師ではなくなった。切れ味の鈍いものに変わってしまっていた。薬の影響で身体は太り、それも一キロや二キロではなく、十キロ十五キロという増え方で今まで着ていたスーツが着られなくなっていた。

教師としての未来に「不安」を持ち始めていたのである。第二中学校だから何とか勤めることができた。彼は過去の力を利用して何とか凌ぐことができたと言えよう。痩せたソクラテスが太った豚に変わり果ててしまったのだから始末に負えない。

第二中学校に異動しても、毎日が空しく過ぎていくばかりであった。晴れやかな気持ち、解放された気持ち、自由になれたような気持ちはいつまでも続くはずがなく「不安」との闘いの日々が始まったのである。

彼が「敗北」から脱出できたものの「どん底」へと突き落とされることに気づいたのは、数か月が経ってからである。

🐾セル君、布団の中に入ってくる

朝そろそろ起きようかなと思っていると、セル君が彼の掛け布団の上にやって来て彼の身体に自分の身体を寄せてくる。

どうしたんや、なぜ今日に限ってそんなことをするんや、と思いつつそれを許している。

セル君にしか分からないことであり、必ず理由があるはずだ。

まさか最期の別れのあいさつではないやろね、と彼は考えたりする。

セル君の身体は温かい。

何とも不思議な気持ちになった。

セル君がいるから彼は安心して生きていけるんだよ、そうたやすく死んではいけないよ。

新しい家が完成するまではお互い元気に生きていこうよ。

数年後

母が亡くなり父が亡くなり、彼は愛犬セル君と二人暮らしをしている。築七十年の母屋と築三十年の離れがあり、父と母は離れで暮らしていたのだが今は誰も住んでおらずひっそりとしている。

彼は十畳の和室で炬燵に足を入れ石油ストーブを焚き、セル君は石油ストーブの前で横になっている。彼の家は日本家屋なので冬はストーブを焚いても十度をちょっと超えるぐらいで寒く、夏は三十度を軽く超えるほど暑い。

部屋の中には本がたくさんあり、一切収納していないので（収納するといちいち必要な本を探さなければならないので収納したくない）、本棚にはたくさんの本が無秩序に並んでいて、他人が見れば捨てればいいのにと思うであろうが、彼はそれはせず文学書に囲まれた生活をしている。

言うまでもなく日本国語大辞典は手の届くところに顔を見せ、分からない言葉に出会うと即座に調べるようにしている。載っていないとインターネットで調べ、いとも簡単に情報を得ることができる。

彼は炬燵の上で教材研究（明日教えることの段取り）をし、画用紙を短冊形にカッターナイフで切って太いマジックでキーワードや発問を書いたり、画仙紙に太い筆でお手本を書いたりしてきたのだが、今ではそれをする必要もないので文学書を読んだり、小説のようなものや随筆のようなものを書いてノートパソコンに打ち込んだり、ＣＤやラジオを聞いたりしている。


現在は抑うつ神経症の薬はほとんど飲まず、飲んでいるのは寝る前の睡眠導入剤だけである。

用があって外出するときはセル君が留守番をしてくれる。有り難いことで安心して外出できる。

セル君と一緒に散歩に行くとき「行ってきます」と言っても、誰も「行ってらっしゃい」と言ってくれないし、「ただいま」と言っても誰も「お帰り」と言ってくれないのが何とも切ない。しかし、「不安」や「孤独」を感じることは全くないのであり、安定していると言える。

淋しいときは知己に電話をかけ、気づくと百七十分ぐらい過ぎている。携帯電話の料金がどんなに高かろうと、そんなことは全く気にしていない。電話でしゃべると心が楽になるからだ。

朝起きてセル君と一緒に散歩に行った後、彼が再び布団の中で横たわることはまずない、つまり抑うつ状態ではないと言える。その証拠に築七十年の家をリフォームするために、離れや作業場の整理を汗を流してこつこつと精を出してやっているのだ。二月でも汗をかく。汗をかくとコーヒーを飲んでタバコを吸って休憩する。

セル君は相変わらず石油ストーブの前でしなやかな身体を横たえていびきをか

いて眠っている。

あとがき

拙著は二〇二〇年八月の大変暑い夏、書き終えることができました。夕方の七時になってもセミが大きな声を振り絞って鳴いています。

ラジオからは、新型コロナウイルスの感染者数がどんどん増えていることをアナウンサーが声高に伝えています。

今、世界はアメリカをはじめとして大変な状況にあります。日本も同じことが言えます。この本が出版される頃には、落ちついているといいのですが。

私にできることは、外出を控えること、マスクをすること、手をこまめに洗うことなどです。

私は慌てず気負わず義務感を味わうことなく自由気ままに、まるで鈍行列車のごとく何度も立ち止まって書き上げました。

推敲の余地はいっぱいあることと思いますが、二〇二一年一月ここでペンを置きたいと思います。

最後まで読んでいただき本当にありがとうございます、感謝申し上げます。

二〇二一年一月　真冬の寒さの自宅にて

福山　信行

著者プロフィール

福山 信行（ふくやま のぶゆき）

中学校の教師として約35年間勤務した。

〈著書〉

『抑うつ神経症と向かい合って生きる 教師の想い』（2008年、新生出版）

『未来に向かって生き抜くために』（2018年、文芸社）

『抑うつ神経症とともに生きる』（2020年、文芸社）

『生きるとはどういうことか―どんなことがあろうと何とかできるという気持ちを持ち続けることの大切さ―』（2020年、文芸社）

「敗北」からの脱出　そして「どん底」へ

―支えてくれた愛犬セル君―

2023年３月15日　初版第１刷発行

著　者　福山 信行

発行者　瓜谷 綱延

発行所　株式会社文芸社

〒160-0022　東京都新宿区新宿１－10－１

電話　03-5369-3060（代表）

03-5369-2299（販売）

印刷所　株式会社フクイン

ISBN978-4-286-27020-3